Le fils secret du cheikh

Chère lectrice,

Avez-vous déjà rêvé qu'une seconde chance vous soit offerte ? Une chance de tout recommencer, de changer votre destin…

Lorsque Marina, la merveilleuse héroïne du roman *Le fils secret du cheikh* (de Trish Morey, Azur n° 3444), retrouve Bahir, l'homme qui lui a cruellement brisé le cœur, elle comprend qu'elle vit un de ces moments, si précieux, où tout peut basculer. Elle qui a déjà tant souffert, doit-elle lui fermer son cœur à jamais, ou tout risquer pour croire encore à leur amour ? Un amour si fort et si pur, que lui seul peut triompher du passé et leur offrir cette nouvelle chance de bonheur à laquelle nous voulons toutes croire.

Je suis sûre que, comme moi, vous serez bouleversée par ce roman fort, balayé par le souffle chaud du désert.

Je vous souhaite un très bon mois de lecture.

La responsable de collection

TRISH MOREY

Le fils secret du cheikh

collection Azur

éditions HARLEQUIN

Collection : Azur

Cet ouvrage a été publié en langue anglaise
sous le titre :
THE SHEIKH'S LAST GAMBLE

Traduction française de
LOUISE LAMBERSON

HARLEQUIN®
est une marque déposée par le Groupe Harlequin

Azur® est une marque déposée par Harlequin S.A.

ÉDITIONS HARLEQUIN
83-85, boulevard Vincent Auriol, 75646 PARIS CEDEX 13.
Service Lectrices — Tél. : 01 45 82 47 47
www.harlequin.fr

ISBN 978-2-2803 0647-8 — ISSN 0993-4448

1.

Le regard rivé sur les jetons qui s'éloignaient de nouveau sur le tapis vert, Bahir sentit un goût amer lui monter aux lèvres.

Lui qui ne perdait jamais, cela faisait maintenant trois soirs de suite qu'il voyait la chance le déserter.

La nuque moite, il posa sa toute dernière pile de jetons sur la case noire, puis tourna la tête vers le croupier pour lui signifier qu'il était prêt.

A vrai dire, Bahir se fichait éperdument d'avoir perdu l'équivalent du PNB d'une petite nation. Mais il était hors de question que les rapaces assistant à la scène soupçonnent le malaise qu'il ressentait.

Un à un, les autres joueurs avaient renoncé, le laissant seul dans ce face-à-face avec la roulette. Et maintenant, ils se délectaient de ce spectacle inimaginable : le cheikh Al-Qadir, célèbre dans le monde entier pour sa chance légendaire, venait de miser ses derniers jetons.

— Les jeux sont faits !

D'un mouvement leste du poignet, le croupier fit tourner le cylindre, tout en lançant la bille d'ivoire de l'autre main.

Un frisson parcourut Bahir. La chance allait bien finir par revenir… Il fallait qu'elle revienne… En proie à une tension insupportable, il se força à continuer à sourire d'un air décontracté.

— Rien ne va plus !

A présent, tous les regards étaient fixés sur la bille qui rebondissait dans les cases numérotées tandis que la roulette ralentissait peu à peu.

Finalement, la bille sembla perdre de son élan et s'immobilisa dans une case, avant de rebondir encore une fois, deux fois, et de se loger dans une autre case. Enfin, dans un dernier sursaut, elle rebondit en sens inverse.

Bahir connaissait par cœur ce processus pour l'avoir vu se dérouler trois jours de suite. Mais cette fois, la chance allait revenir, se répéta-t-il en sentant de la sueur froide lui couler dans le dos.

A cet instant, la roulette s'immobilisa.

Rouge.

Une vague de nausée envahit Bahir. C'était fini. Il avait perdu. Une fois de plus !

Le sourire aux lèvres, il remercia le croupier comme s'il avait perdu l'équivalent du prix d'une tasse de café, avant de s'éloigner la tête haute en ignorant les murmures de stupeur.

En réalité, il se sentait anéanti. Que lui arrivait-il ? Bon sang, il ne perdait jamais !

La dernière fois qu'il avait encaissé un tel…

Bahir interrompit net le cours de ses pensées. Ce n'était pas le moment de songer à elle.

Pourtant, c'était justement à cause d'elle qu'il était là ce soir.

— Monsieur…, fit une voix onctueuse à côté de lui.

Tournant la tête, il croisa le regard froid de Marcel, l'assistant que le casino avait mis à sa disposition ce jour-là. Jusqu'à cet instant, il avait gardé ses distances, mais maintenant que Bahir avait perdu lamentablement…

— Cheikh Al-Qadir, la nuit n'est pas terminée. Si vous le souhaitez, le casino sera ravi de vous avancer de quoi rester parmi nous pour vous divertir.

Bahir le regarda avec attention. Son visage ne révélait rien, mais une répugnante avidité transparaissait dans ses yeux gris. Ainsi, ils pensaient qu'il n'en avait pas encore assez de perdre ! L'espace d'un instant, il eut envie de relever le défi, avant de se rappeler aussitôt que depuis trois jours la déveine semblait décidée à s'acharner sur lui. Et que, visiblement, elle n'avait pas l'intention de le lâcher.

En outre, il n'avait pas besoin de l'argent de cet établissement. Au cours de ces dernières années, il en avait gagné assez pour ne pas être à un million près. Voire à dix. C'était le fait même de perdre qui lui était intolérable. Le mot résonnait dans son esprit, lui battait les tempes.

Bahir sourit néanmoins à Marcel.

— Non, merci.

— Vous ne nous quittez pas déjà, cheikh Al-Qadir ?

Sans répondre, Bahir regarda les lustres en cristal, contempla le décor rutilant et les femmes parées de toilettes somptueuses. Dans ce lieu dépourvu de fenêtres, il était facile de perdre toute notion du temps. Il baissa les yeux sur sa montre : même s'il partait maintenant, il ferait jour avant qu'il ait regagné son lit.

— Si, répondit-il d'un ton neutre.

Marcel ne renonça pas pour autant.

— Nous vous reverrons plus tard, alors ?

— Peut-être…

— Une limousine passera vous prendre à votre hôtel, répliqua Marcel avec empressement. Vous souhaiterez peut-être dîner et assister à un spectacle avant de gagner la salle de jeux ? Aux frais de la maison, évidemment. Je vous envoie la limousine vers vingt heures ?

Bahir s'arrêta et se tourna de nouveau vers Marcel, bien décidé à lui dire ce qu'il pensait de ces propositions, quand il l'aperçut.

Un fourreau de soie écarlate moulait son corps sublime, la rivière de ses cheveux d'ébène étant retenue sur sa nuque par un clip en diamant, avant de ruisseler sur son dos nu couleur de miel…

Figé sur place, Bahir se sentit transporté à une autre époque, dans un autre casino. Face à une autre femme, qu'il était justement venu oublier, se répéta-t-il en secouant la tête pour repousser les visions troublantes qui se précipitaient dans son esprit.

— Cheikh Al-Qadir ?

— Laissez-moi, Marcel, lâcha-t-il d'un ton sec.

L'homme en costume noir à fines rayures blanches ne se le fit pas dire deux fois. Après l'avoir salué à la hâte, il s'éloigna et disparut bientôt dans l'océan de robes de soirée multicolores et de smokings sombres.

Ce n'était pas elle, bien sûr. Cette femme ne lui ressemblait même en rien. Bahir contempla sa mâchoire anguleuse, son front bas, ses lèvres trop rouges et sa peau trop claire. Et puis, comment aurait-ce pu être elle ? Il l'avait laissée auprès de sa sœur Aisha, à Al-Jirad, et même si Marina était totalement irresponsable, elle ne l'était quand même pas au point de quitter sa famille après le mal qu'ils s'étaient donné pour l'arracher aux griffes de Mustafa.

Quoique, la connaissant…

Poussant un juron étouffé, Bahir se dirigea vers la sortie. Qu'est-ce qu'il avait, ce soir ? Il était hors de question qu'il pense à elle. Ou plus exactement, il ne fallait pas qu'il songe à sa peau dorée, à ses yeux de velours, à son corps de déesse, dont le souvenir le faisait encore trembler de désir, en dépit des années et du gouffre qui les séparaient.

Quand il l'avait vue sortir de cette tente, Bahir avait ressenti la même attirance qu'autrefois, dans les moindres cellules de son corps.

Combien de temps s'était-il écoulé à présent : trois ans ? Davantage ? Il avait suffi qu'elle pose son regard de sirène sur le sien pour que le désir rugisse en lui. Ce regard brun aux reflets ambrés, qui s'était glacé quand elle l'avait reconnu.

Toutefois, Marina n'avait rien montré, rien dit, et avait enfourché son cheval avec grâce. Son corps avait gardé toute sa sveltesse en dépit du temps passé et de ses deux grossesses. Ses membres étaient restés aussi fins, aussi galbés que lorsque…

Avec une précision extraordinaire, Bahir sentit la texture de sa peau satinée sous ses doigts, puis la sensation de ses jambes fuselées se refermant autour de ses hanches tandis qu'il s'enfonçait dans sa moiteur délicieuse.

Qu'elle aille au diable ! Cette femme était synonyme d'ennuis. Non seulement au passé, mais aussi au présent. Avec elle, toute mise était perdue avant même que la roue ne commence à tourner.

Le portier le salua et lui souhaita bonne nuit, alors que l'aube éclairait déjà le ciel de longues effilochures gris mauve. Faisant rouler ses épaules, Bahir se força à se détendre. Depuis quand ses muscles se raidissaient-ils ainsi ? Depuis quand n'avait-il pas quitté un casino d'aussi sombre humeur ?

Il connaissait déjà la réponse à ces questions, et de toute façon, mieux valait ne pas s'appesantir sur le sujet.

Après s'être installé dans la limousine garée au bas des marches, il desserra son nœud papillon et appuya sa nuque contre le confortable dossier en cuir. Il était venu au casino pour se faire du bien et, au lieu de cela, il en ressortait encore plus déprimé qu'avant d'y entrer.

Bahir regarda sans les voir les palmiers qui bordaient l'esplanade surplombant la mer, ourlée çà et là d'écume blanche. Monaco était sans conteste un bel endroit, et un pôle d'attraction considérable pour les riches et célèbres du monde entier, ainsi que pour ceux qui rêvaient de le devenir. Mais soudain, aux yeux de Bahir, ce lieu paradisiaque et même la Côte d'Azur tout entière paraissaient mornes, vides et dénués du moindre intérêt.

Il fallait qu'il s'en aille. Pour quelle destination ? Las Vegas ? Non, il en revenait à peine. Quant à Macao, il y demeurait *persona non grata* depuis sa dernière visite. A ce moment-là, la chance lui souriait encore…

Une image jaillit dans son esprit, de dunes de sable, de palmiers, et d'un soleil d'or, puissant, brûlant, qui brillait haut dans le ciel avant de descendre inexorablement au-dessus de l'horizon rendu flou par la chaleur.

Le désert… Bahir se redressa sur la banquette en se demandant s'il avait perdu l'esprit. Son dernier séjour à Al-Jirad, tout récent, l'avait réuni avec ses trois vieux amis, Zoltan, Kadar et Rashid. Ensemble, ils avaient fait deux brèves incursions dans le désert, pour aller arracher la princesse Aisha, puis sa sœur, Marina, à ce salaud de Mustafa.

La première expédition l'avait enivré tandis qu'ils traversaient le désert à toute allure, dans une folle course contre la montre. La seconde avait été moins grisante, même si leurs chevaux avaient fait preuve du même enthousiasme et que la compagnie de ses amis avait été aussi stimulante, les couchers de soleil aussi somptueux.

C'était le fait de revoir Marina après toutes ces années qui lui avait gâché le plaisir.

Quel malheur que Zoltan ait justement épousé la sœur de Marina, alors que Bahir s'était juré de ne plus jamais revoir cette dernière de sa vie ! Et quel malheur aussi, encore plus grand, que la jeune femme ait gardé le pouvoir d'embraser sa libido d'un seul regard.

S'il retournait dans le désert, il en ressortirait peut-être guéri. Le soleil brûlant réussirait sûrement à la chasser de son esprit, et la fraîcheur des nuits lui nettoierait peut-être le cerveau, une fois pour toutes.

Et puis, il ne s'agissait pas que du désert. Il était peut-être temps qu'il rentre chez lui.

Depuis combien d'années n'avait-il pas considéré le désert comme son foyer ?

Depuis quand ne s'était-il pas senti chez lui quelque part ?

Après tout, pourquoi ne pas aller faire un tour là-bas... Personne n'avait besoin de lui. Bahir n'avait de compte à rendre qu'à lui-même. Et cette fois, il pourrait rester aussi longtemps qu'il le souhaiterait, se repaître des couleurs du désert, de ses senteurs uniques, de son essence même. Il s'enivrerait de sa puissance mystérieuse, en savourant l'air purifié par le soleil.

Et sa solitude ne serait troublée par aucune robe écarlate traversant une salle bondée, aucune chair couleur de miel ne viendrait lui rappeler une autre époque et une autre femme qu'il désirait oublier.

Bahir prit une profonde inspiration et sentit un plaisir presque oublié l'envahir tout entier. Sa mauvaise fortune était derrière lui, à présent. De toute façon, cela ne pourrait pas être pire que ce qu'il avait vécu depuis trois jours...

Son mobile vibrant dans sa poche, il le sortit en se demandant qui pouvait bien l'appeler à une heure pareille. Mais sa surprise ne fit qu'augmenter lorsqu'il vit le nom de l'appelant affiché sur son écran.

— Zoltan ! Qu'est-ce qui me vaut ton appel à une heure aussi matinale ?

2.

— Non, dit Bahir d'un ton catégorique en regardant de larges rubans rose orangé se déployer lentement dans le ciel.

— Bahir. Ecoute-moi…

— Ce n'est pas la peine d'insister, Zoltan.

— Mais elle ne peut pas faire le voyage seule ! Je ne le permettrai pas.

— Je croyais que Mustafa rongeait son frein en prison.

— Oui, mais je ne commettrai pas une nouvelle fois l'erreur de le sous-estimer. D'autre part, des hommes qui lui restent loyaux sont en liberté, et je ne prendrai aucun risque concernant la sœur d'Aisha.

Bahir se passa la main dans les cheveux.

— Demande à Kadar de l'accompagner.

— Il est retenu par ses affaires à Istanbul.

— Evidemment, grommela Bahir. Eh bien, adresse-toi à Rashid !

— Tu le connais : il a disparu. Personne ne sait où il est ni quand il réapparaîtra.

Bon sang ! Il devait rêver, songea Bahir en clignant les yeux. Mais hélas, ce cauchemar était bien réel.

— Tu peux faire appel à quelqu'un d'autre que nous trois, Zoltan ! Un de tes agents de sécurité ferait très bien l'affaire, j'en suis certain !

— Ils sont tous occupés.

Son ami s'interrompit un instant avant d'ajouter :

— Et Aisha a demandé que ce soit toi qui accompagnes sa sœur, personne d'autre.

A ces mots, Bahir resta silencieux. Après avoir eu des réserves vis-à-vis de la nouvelle épouse de Zoltan, il avait appris à l'apprécier et maintenant, il pensait même que son ami avait trouvé la femme idéale. Par conséquent, en d'autres circonstances, il n'aurait pas hésité un instant à lui rendre service. Mais pas ça… Aisha ne se rendait pas compte de ce qu'elle lui demandait !

— Aisha a eu tort.

— Tu connais Marina, Bahir.

— Justement, c'est parce que je la connais que je refuse.

— Bahir…

— Non. C'est déjà bien assez que je vous aie accompagnés au campement de Mustafa pour lui venir en aide. N'insiste pas, Zoltan. D'ailleurs, si tu tiens autant à ce qu'elle rentre chez elle saine et sauve, pourquoi ne te charges-tu pas toi-même de cette mission délicate ? termina-t-il d'un ton moqueur.

— Bahir… Quelque chose ne va pas ?

— Pas du tout !

En fait, rien n'allait.

— Ecoute, Zoltan, poursuivit Bahir, si nous avons rompu, Marina et moi, c'est parce qu'il y avait une raison. Elle me hait et de mon côté, je ne raffole vraiment pas de cette femme. Tu te montres indulgent envers elle parce qu'elle est maintenant ta belle-sœur, mais tu ne la connaîtras jamais comme je la connais. C'est la plus irresponsable des créatures que j'aie jamais rencontrée ! Marina est une femme gâtée et têtue, qui ne sait faire qu'une chose : la fête. Et si on ne lui donne pas ce qu'elle désire, elle le prend, sans se soucier des conséquences. De plus, nous avons la preuve qu'elle a des mœurs douteuses. Alors, désolé, Zoltan, mais je ne veux plus rien avoir affaire avec elle.

— Bon sang, Bahir, je ne te demande pas de vivre avec

elle ni de l'épouser ! Il s'agit seulement de l'accompagner jusque chez elle pour s'assurer qu'elle est en sécurité.

— J'ai très bien compris et je te répète que tu vas devoir t'adresser à quelqu'un d'autre.

Le silence s'installa à l'autre bout de la ligne, mais Bahir ne s'y trompa pas : Zoltan n'avait pas renoncé.

— Tu sais, Bahir, reprit enfin son ami, si je ne te connaissais pas mieux…

— Eh bien ? fit-il d'un ton peu aimable.

— Eh bien, si je ne te connaissais pas mieux, je penserais qu'en fait tu es inquiet à l'idée de côtoyer Marina.

— Insinuerais-tu par là que j'ai peur ?

— Est-ce le cas ?

— Tu ne comprends pas, Zoltan ! soupira Bahir. Même si j'acceptais de l'escorter, elle ne supporterait jamais ma présence ! Je viens de te dire qu'elle me hait. Si tu t'étais donné la peine de lui poser la question, tu le saurais déjà.

Lorsqu'un nouveau silence accueillit ses paroles, Bahir sentit un peu d'espoir renaître en lui. Ce cauchemar allait peut-être enfin se terminer…

— Tu n'as qu'à lui en parler, continua-t-il. Elle te dira la même chose que moi. Et, si tu tiens absolument à ce qu'elle rentre chez elle sous bonne garde, tu trouveras quelqu'un d'autre pour lui servir de nounou.

— Et si elle accepte que ce soit toi ?

Bahir éclata de rire.

— Impossible ! Elle n'acceptera jamais !

— Mais si elle est d'accord, tu l'accompagneras ?

— Je te répète qu'elle n'acceptera jamais !

— Bon, d'accord : si elle refuse, je trouve quelqu'un d'autre. Mais si elle accepte, tu t'en chargeras ?

— Zoltan… Combien de fois faut-il que je te répète que…

— Marché conclu ?

— Elle refusera. J'en suis certain.

S'il y avait une chose dont Bahir était absolument certain, c'était bien que Marina désirait moins encore sa compagnie que lui ne désirait la sienne. Pas étonnant, vu la façon dont ils s'étaient séparés…

— Dans ce cas, tu n'as aucune inquiétude à te faire, conclut Zoltan.

— C'est hors de question ! s'exclama Marina.

Elle bondit sur ses pieds et s'éloigna d'Aisha, assise dans un fauteuil en rotin.

— Marina ! Ecoute-moi, au moins !

— Si c'est pour me dire des choses aussi absurdes, ce n'est vraiment pas la peine, répliqua-t-elle sans se retourner.

— Zoltan et moi ne voulons pas que tu repartes seule, dit Aisha en la rattrapant. Tu peux le comprendre, non ? Nous souhaitons que tu bénéficies d'une escorte, c'est le moins que nous puissions faire pour toi.

— Tout ira bien. Et je ne vais pas si loin.

— Tu pensais aussi que tout irait bien pour venir ici, Marina. Tu t'en souviens ?

— Mustafa est en prison. Et cette fois, je prendrai l'avion. Si cela peut te rassurer, tu n'as qu'à me faire voyager en jet privé, comme ça rien ne pourra m'arriver.

— Bien sûr que tu rentreras en jet privé, mais pas seule.

— Bon, O.K. ! J'accepte d'être accompagnée par un garde du corps, si tu y tiens — mais pas Bahir Al-Qadir ! C'était déjà assez désagréable de me retrouver face à lui en sortant de cette tente, au campement de Mustafa…

A ce souvenir, Marina sentit un violent frisson naître au creux de ses reins. Une telle chaleur avait irradié des yeux sombres de Bahir, avant de faire place à une dureté glaciale.

Aisha la regarda avec attention.

— Tu n'avais pas l'air si contrariée quand tu es arrivée au palais. Je me souviens que, en parlant de Bahir, tu as même fait allusion à une brève aventure vécue avec lui autrefois.

Une brève aventure… Marina leva les bras au ciel, frôlant au passage un buisson de jasmin dont le parfum entêtant lui titilla les narines.

— Vous étiez tous si inquiets à cause de moi, et si heureux que j'aie été retrouvée saine et sauve ! Je n'allais pas faire toute une histoire. Et puis, je pensais que cette fois, je ne le reverrais plus jamais. Apparemment, il était aussi soulagé que moi que tout soit terminé et très pressé de quitter Al-Jirad.

Avant de laisser le temps à Aisha de placer un mot, elle enchaîna :

— N'est-il pas parti pour Monte-Carlo le jour même ?

— Oh ! Marina…, commença sa sœur en lui prenant le bras.

Elle l'entraîna dans le jardin d'où montaient des parfums délicieux.

— Je n'aurais jamais pensé… Que s'est-il passé entre vous ?

Il s'agissait plutôt de ce qui ne s'était pas passé, songea Marina en baissant la tête, assaillie par un flot de souvenirs douloureux.

— Tout… et rien.

Enfin, non. Pas rien, songea-t-elle en pensant à Chakir.

— J'étais jeune et stupide, et très naïve, reprit-elle. J'ai cru atteindre le paradis, avant de redescendre brutalement sur terre.

— Vous avez vécu une aventure qui s'est mal terminée, c'est cela ?

Marina resserra les doigts sur le bras de sa sœur.

— Excuse-moi, Aisha. Ce que je dis doit te paraître totalement incohérent, mais tu as raison : j'ai rencontré Bahir au cours d'une soirée, dans un casino bondé de monde. Et ça a été le coup de foudre, comme on dit. Le cliché le plus banal, quoi…

Elle se tourna vers Aisha.

— Entre nous, l'attirance avait été si intense, tu comprends ? Si… immédiate, que j'ai tout de suite su que nous allions passer la nuit ensemble. Et cette nuit a duré une semaine, puis un mois, puis deux… Ce que nous vivions était fou, passionné, et j'avais l'impression que ça ne finirait jamais. J'ai vraiment cru que je l'aimais, tu sais ! J'ai même pensé plusieurs fois, dans des moments d'égarement, qu'il était l'homme de ma vie. Le seul.

Promenant son regard sur les parterres de fleurs multicolores, Marina soupira.

— Mais je me trompais du tout au tout.

— Oh ! Marina, je suis désolée. Je ne me doutais pas que…

— Comment aurais-tu pu le savoir ? l'interrompit Marina. Je n'étais pas souvent au palais, à l'époque. Et nous semblions avoir si peu en commun, toi et moi. Tu paraissais heureuse de vivre en famille alors que moi, je me rebellais sans cesse ! C'était à nos frères de fournir l'héritier nécessaire à Al-Jirad, et notre père ne cachait pas son impatience. Alors je me sentais en trop et je me disais que je pouvais bien m'amuser.

— Je comprends, murmura Aisha en souriant. C'est drôle comme nous sommes différentes ! Parfois, j'enviais tellement ta liberté. J'aurais voulu te ressembler davantage, être plus têtue et rebelle, au lieu de me plier docilement à mon devoir. Mais je suppose que dans un cas comme dans l'autre, il y a des inconvénients…

— Tu peux le dire ! soupira de nouveau Marina. Et maintenant, tu es mariée avec l'un de ses meilleurs amis ! Le monde est vraiment petit… En tout cas, ça fait drôle de se retrouver face à face avec un homme qui t'a dit autrefois qu'il ne voulait plus jamais te revoir de sa vie. Et maintenant que tu es au courant, tu dois bien comprendre que je ne peux pas faire le voyage avec lui ! Ne m'y force pas, Aisha, je t'en supplie !

Soudain, Marina ne put retenir les larmes qui se pressaient sous ses paupières.

— Quel gâchis ! dit-elle d'une voix étouffée.

— Il a dû te faire beaucoup de mal.

— Il me hait.

— Tu en es sûre ? demanda Aisha en fronçant les sourcils. Il est allé à ton secours avec les autres.

— Je ne pense pas qu'il l'ait souhaité. Il a suivi ses amis parce qu'il ne pouvait pas faire autrement, c'est tout.

— C'est vrai qu'ils sont très proches, approuva sa sœur. Zoltan m'a dit que Bahir, Kadar et Rashid étaient les frères qu'il n'avait pas eus. Mais que Bahir te haïsse… Tu sais comment ça se passe : quand on est colère, on dit des choses stupides, sans les penser vraiment.

— Oh ! si, il me hait, crois-moi ! Et il me haïrait encore plus s'il apprenait la vérité.

Aisha s'arrêta et se tourna vers elle d'un air inquiet.

— De quelle vérité parles-tu ?

Le cœur serré, Marina la regarda dans les yeux et, soudain, son secret lui parut trop lourd à porter.

— La vérité concernant son fils.

Sa sœur ouvrit de grands yeux.

— Oh non, Marina… Chakir est le fils de Bahir ?

Marina hocha la tête en silence.

— Mais tu as dit à tout le monde que tu ignorais qui était son père…

— Oui, c'est vrai. C'était plus facile comme ça. Et personne n'a eu de mal à le croire.

— Je suis tellement désolée ! s'exclama Aisha avec sincérité.

— Ce n'est pas la peine. J'ai profité de ma réputation de fêtarde écervelée pour dissimuler la vérité. C'était plus simple de faire comme si je m'en fichais.

— Tu ne l'as dit à personne. Même pas à Bahir.

— Non. Il ne sait rien.

Aisha resta immobile quelques instants, les yeux fixés sur un rosier dont les fleurs embaumaient l'atmosphère.

— Tu vas rentrer à bord d'un jet privé, dit-elle en se tournant de nouveau vers Marina. Avec Bahir.

Horrifiée, Marina recula d'un pas.

— Non, c'est impossible ! Je ne peux pas supporter de le revoir.

— Mais tu dois lui dire la vérité !

— Tu es sérieuse ?

— Bien sûr ! Bahir doit savoir qu'il a un fils, qu'il est père.

— Il s'en fiche ! Il ne veut pas le savoir ! répliqua Marina en secouant la tête.

— Peut-être, mais il a quand même le droit de savoir. Tu dois le lui dire, Marina. Tu n'as pas le choix.

— Il refusera de m'écouter. Il ne veut pas d'enfant.

— Dans ce cas, il aurait peut-être mieux fait d'y réfléchir avant, répliqua Aisha en posant la main sur l'épaule de Marina. Je vais dire à Zoltan que tout est arrangé.

— Non ! Je t'ai confié mon secret uniquement pour que tu comprennes pourquoi je ne voulais plus revoir Bahir. Sinon, je ne t'aurais jamais rien révélé.

Sa sœur lui adressa un sourire doux et triste à la fois.

— Je crois que tu me l'as confié parce que, au fond de toi, tu savais ce que tu avais à faire. Tu avais juste besoin de l'entendre dire par quelqu'un d'autre.

Aisha avait raison, mais cela n'aidait en rien Marina. Et, quand elle avait vu l'avion atterrir en sachant que Bahir l'attendait à l'intérieur, elle avait frémi de la tête aux pieds en sentant la sueur perler à son front.

Quant à comprendre comment Zoltan avait pu réussir

à impliquer Bahir dans cette histoire, mystère… En tout cas, il était impensable qu'il ait accepté de bonne grâce.

— Tu vas y arriver, avait dit Aisha avant de l'embrasser une dernière fois. J'en suis certaine.

Marina avait souri faiblement en s'efforçant de la croire. Puis, après avoir adressé un petit geste de la main à sa sœur, elle s'était détournée et avait posé le pied sur la première marche de métal.

A présent, les jambes en coton, le ventre noué, elle avait l'impression qu'elle ne pourrait jamais atteindre le haut de la passerelle.

Mais sa sœur avait raison, se répéta-t-elle. Pendant plus de trois ans, Marina s'était demandé si elle devait informer Bahir de l'existence de Chakir. Au début, ç'avait été facile de ne rien dire, à cause de la souffrance due à leur séparation, et parce que les paroles cruelles de Bahir résonnaient encore dans son esprit.

Il avait affirmé qu'il n'aurait jamais d'enfant. Dans ces conditions, pourquoi lui annoncer qu'il avait un fils ? avait pensé Marina. D'autant qu'il s'était montré très clair : il ne voulait plus la revoir.

Néanmoins, l'existence de Chakir formait un lien entre eux, même s'ils ne l'avaient souhaité ni l'un ni l'autre.

Ensuite, lorsque Hana était venue au monde, Marina avait eu tant de problèmes à résoudre qu'elle avait cessé de se torturer l'esprit à propos de Bahir. A ce moment-là, la question de sa paternité était passée au second plan.

De toute façon, il avait bien affirmé que la famille, ce n'était pas son truc, n'est-ce pas ?

Mais plus tard, en voyant Chakir grandir, Marina n'avait pu s'empêcher de se demander ce que lui, son fils, souhaiterait qu'elle fasse.

Déglutissant avec peine, elle refoula son appréhension et gravit la dernière marche. Même si Bahir avait affirmé ne pas vouloir d'enfant, et même si finalement, ce refus l'arrangeait, elle ne pouvait s'empêcher de penser que pour le bien de leur fils, elle devait la vérité à Bahir.

Marina réussit à sourire à la jeune hôtesse de l'air qui l'accueillit en lui souhaitant la bienvenue. Puis elle se retrouva à l'intérieur de l'appareil et vit Bahir qui, le dos tourné, choisissait un magazine dans une pile posée devant lui.

Le cœur battant à tout rompre, Marina s'arrêta en sentant une chaleur incontrôlable envahir son ventre.

Serait-elle jamais capable de regarder Bahir sans aussitôt songer au sexe ? se demanda-t-elle en maudissant son corps de la trahir ainsi. Malgré les paroles affreuses qu'il lui avait lancées à la figure et la façon ignoble dont ils s'étaient séparés — après plus de trois années passées loin l'un de l'autre —, il faisait encore naître en elle des visions de draps froissés, de corps nus enlacés, de longues nuits brûlantes et passionnées…

Au moment où l'hôtesse de l'air l'invitait à la suivre pour la conduire à son siège, Bahir se retourna.

— Bonjour, murmura Marina en tressaillant.

Une lueur si froide éclairait le regard de Bahir, si dure…

— Bonjour, princesse, répliqua-t-il d'un ton bref avant de lui tourner de nouveau le dos.

Tout en bavardant gaiement, l'hôtesse de l'air installa Marina dans un grand fauteuil de cuir couleur ivoire. Mais Marina ne l'écoutait pas, trop choquée par l'attitude de Bahir. Il avait opté pour le silence, comprit-elle. A ses yeux, elle ne méritait sans doute pas d'autre traitement.

De toute évidence, il était aussi peu enthousiaste qu'elle à la perspective de cette proximité forcée, concoctée par Zoltan et Aisha.

Au fond, c'était aussi bien ainsi, songea Marina. Elle non plus n'avait pas l'intention de bavarder avec lui. Par conséquent il suffirait qu'elle trouve les mots justes pour lui annoncer qu'il était père…

*
* *

Bahir essaya de se concentrer sur le magazine qu'il avait choisi, mais les mots semblaient avoir perdu tout sens, les phrases toute logique, si bien que l'article financier demeurait totalement hermétique. Il le reposa sur la table en réprimant à grand-peine un soupir las. Le même phénomène s'était produit quand il avait voulu lire le journal en ligne après avoir embarqué à bord du jet, à Nice. Ensuite, plus ils s'étaient rapprochés d'Al-Jirad, et plus le ressentiment s'était emparé de son esprit, l'empêchant de réfléchir à quoi que ce soit.

Pourquoi avait-il accepté cette mission dite de confiance, bon sang ? D'ailleurs, il n'était même pas certain d'avoir accepté. Mais lorsque Zoltan l'avait appelé pour lui annoncer que Marina voulait bien voyager avec lui, Bahir aurait passé pour un pleutre s'il avait persisté à refuser de l'accompagner.

Mieux valait faire comme si toute cette histoire lui était complètement indifférente, avait-il pensé alors.

Hélas, c'était loin d'être le cas.

A cet instant, alors que l'hôtesse de l'air rangeait le bagage à main de Marina et que, de son côté, il s'efforçait d'ignorer sa présence, Bahir ne pouvait refouler les images qui défilaient dans son esprit. Inexorablement, il revoyait ses yeux magnifiques, fascinants. Sa gorge à la peau si fine, ses seins haut perchés aux contours parfaits, ses hanches rondes et minces à la fois, si sexy quand elles ondulaient au gré de cette démarche qui l'avait fasciné autrefois…

Bahir réprima une plainte et rouvrit son ordinateur portable, bien déterminé à ne pas céder à l'attirance irrésistible qui semblait avoir pris possession de lui. Parce que, maintenant, non seulement des images torturantes se bousculaient dans sa tête, mais en plus il sentait sa présence. Il retrouvait son parfum, mélange de jasmin, de frangipanier et de son odeur personnelle si sensuelle si troublante, si féminine… Il se rappelait son goût, lorsqu'il butinait sur sa peau humide et brillante. Lorsqu'il enfouissait son visage dans le creux de son cou, tout en s'enfonçant au plus profond de son intimité moite, chaude, palpitante…

D'un geste brusque, Bahir referma son ordinateur, au moment où le jet se mettait à rouler sur la piste. Combien de temps fallait-il pour atteindre Pise ? Deux heures ? Trois ? Quatre ? De toute façon, ce serait trop long, conclut-il en réprimant un juron.

Comment annoncer à un homme qu'il était père ? se demanda Marina avec anxiété. Surtout quand l'homme en question était installé de l'autre côté de l'allée, l'air aussi sombre qu'un ciel d'orage.

Comment formuler la chose ? *Au fait, Bahir, est-ce que je t'ai jamais dit que tu avais un fils ?* Ou bien : *félicitations, Bahir. Tu es père, d'un petit garçon de trois ans. Je ne comprends pas pourquoi, mais j'ai oublié de t'en parler…*

Lorsque l'avion s'arrêta au bout de la piste, Marina jeta un coup d'œil du côté de Bahir. Les épaules raides, le visage fermé, il sentit qu'elle le regardait, mais il refusa de tourner les yeux vers elle.

A supposer qu'elle trouve les mots adéquats, comment lui annoncer qu'il avait un fils s'il ne daignait pas lui adresser le moindre regard ?

Les moteurs ronflèrent, puis le jet se remit à rouler sur la piste et accéléra avant de s'envoler au-dessus du sol et de prendre rapidement de l'altitude.

Marina ferma les yeux en se forçant à se détendre. Il fallait quatre heures de vol, plus deux bonnes heures de route pour atteindre le nord de la Toscane. Pourquoi lui parler maintenant et gâcher le reste du voyage, alors que l'atmosphère était déjà si tendue ? Une fois que Bahir connaîtrait la vérité, il sortirait de son silence, pressentit Marina. Sa réaction serait terrible. Il se montrerait impitoyable. Une attitude qui, dans une certaine mesure, serait justifiée, reconnut-elle. Mais pourquoi rendre la situation encore plus difficile qu'elle ne l'était déjà ?

Elle avait tout le temps de lui parler.

Ils volaient depuis une heure lorsque l'hôtesse de l'air et le copilote vinrent leur annoncer qu'une tempête allait traverser leur route. Jusque-là, le silence avait régné, interminable, éprouvant, tendu, ponctué seulement par la venue de la jeune femme venant leur proposer des rafraîchissements ou des boissons chaudes.

— Eh bien, contournez-la ! répliqua Bahir avec impatience.

— C'est impossible, expliqua le copilote. Elle se dirige droit sur notre trajectoire. Et si nous nous approchions trop près, nous risquerions de geler. Nous avons reçu l'ordre de nous éloigner de cette zone.

— Cela veut-il dire que nous ne pouvons pas aller à Pise ? demanda Marina.

— Pas pour l'instant. Nous atterrirons sur le plus proche aéroport pouvant nous accueillir. Nous allons bientôt commencer à descendre. Préparez-vous à être un peu secoués quand nous approcherons de la zone perturbée : je vous recommande de garder vos ceintures attachées.

Incapable de rester assis, Bahir se leva dès que le copilote et l'hôtesse de l'air se furent éloignés. Comme si cela ne suffisait pas de devoir passer six heures en compagnie de Marina ! Bon sang, il allait se retrouver coincé avec elle encore plus longtemps !

— Le copilote nous a conseillé de rester attachés, dit Marina.

Elle était là, tout près, avec ses yeux, ses fichus yeux de velours, véritable invite à la luxure…

En avion, impossible de prendre ses distances, songea-t-il en se passant la main dans les cheveux. Et pourtant, il aurait eu diablement besoin de s'éloigner de cette femme dont la simple proximité le faisait…

Parvenu à l'extrémité de la cabine, Bahir repartit en sens inverse : douze pas, compta-t-il. Alors qu'il lui en aurait fallu bien davantage pour apaiser les sensations beaucoup trop perturbantes qui lui étreignaient le ventre, la poitrine, le corps tout entier.

— Le copilote a dit…

— J'ai entendu ce qu'il a dit ! coupa Bahir d'un ton excédé.

— Ah, très bien. Je me demandais si tu avais un problème d'ouïe, mais j'aurais dû me douter qu'il s'agissait plutôt d'un problème de compréhension.

— Oh ! j'ai un problème, en effet : ta présence !

Elle cligna les yeux d'un air faussement innocent.

— J'ai fait quelque chose qu'il ne fallait pas ?

Cette fois, Bahir sentit une digue se rompre en lui. Après s'être rapproché de Marina en deux enjambées, il se pencha au-dessus d'elle et posa les mains sur les accoudoirs de son fauteuil.

A sa grande satisfaction, elle sursauta, avant de reculer le plus loin possible sur son siège, comme si elle se sentait prise au piège. En outre, elle semblait plus affectée par sa présence qu'elle ne voulait bien le laisser paraître…

— A quoi joues-tu, au juste ? demanda-t-il d'une voix rauque.

D'aussi près, Bahir voyait les pépites dorées luire dans ses yeux. Il les regarda, conscient du danger qu'il encourait.

Il s'était perdu dans ce regard autrefois, berné par ce qui

n'était en réalité que mirages. Mais c'était fini, désormais. En dépit de leur beauté, de leur éclat mystérieux, il ne se laisserait plus prendre au piège de ces yeux, quelles que soient les promesses qui y miroitaient.

— Je ne comprends pas de quoi tu parles.

Bahir secoua la tête avec incrédulité.

— Dans ce cas, je vais t'aider à comprendre. Je parle du fait que nous sommes bloqués ensemble, toi et moi. J'avais dit expressément à Zoltan que je ne voulais pas te servir d'escorte. Et je lui avais dit aussi que, de toute façon, tu n'accepterais jamais de voyager avec moi. Et pourtant nous sommes à bord de ce jet tous les deux. Par conséquent, j'en déduis que tu as accepté. Alors, je me pose la question : pourquoi ? Quelle idée avais-tu derrière la tête ?

Elle s'efforça de garder une expression neutre, mais Bahir perçut néanmoins le tressaillement qui parcourut sa belle bouche sensuelle. Marina lui cachait quelque chose, il en était certain. S'était-elle méprise sur sa participation à son sauvetage ? Avait-elle interprété celle-ci comme un signe d'intérêt envers elle ? Espérait-elle revivre une aventure avec lui en croyant qu'il avait l'intention de renouer leur idylle interrompue plus de trois ans plus tôt ?

— Tu crois vraiment que j'aurais pu souhaiter être enfermée avec toi dans un jet, à des kilomètres au-dessus de la terre ?

Une mèche de cheveux bruns s'était échappée de son chignon et lui caressait le coin de l'œil. Bahir se rappela la douceur de ces mêmes cheveux, le feu couvant dans ces yeux…

— L'un de nous deux a donné son accord à Zoltan, fit-il en levant une main. Et ce n'est certainement pas moi.

Les pépites dorées scintillèrent dans son regard tandis que Bahir rapprochait ses doigts de son visage, et quand il repoussa la mèche derrière son oreille, elle le laissa faire en retenant son souffle.

Stupéfait par la sensation familière qui palpitait dans sa propre poitrine, Bahir se redressa d'un bond.

— Tu ne crois pas que j'ai mieux à faire que de devoir veiller au confort et à la sécurité d'une princesse gâtée ?

— Je n'en doute pas, répliqua-t-elle d'un ton vif. Je me demande comment tu as pu t'éloigner de tes chers casinos et te priver de ton passe-temps favori, ou plutôt de ta passion favorite !

— Fais attention à tes paroles, princesse, dit-il en soutenant son regard étincelant de défi.

— Aurais-tu oublié mon prénom ? riposta-t-elle. A moins que tu ne répugnes à t'en servir ?

— Et toi, aurais-tu oublié que je t'ai dit que je ne voulais plus jamais te revoir ?

— Tu aurais peut-être dû y penser avant d'accompagner tes amis au campement de Mustafa, répliqua-t-elle sèchement.

— Je ne vois pas en quoi ma participation à cette expédition change quoi que ce soit.

Il haussa les sourcils d'un air ironique.

— Aurais-tu l'intention de me remercier ?

— Te remercier ? De quoi ?

— De t'avoir sauvée des griffes de Mustafa.

— Comme si tu étais allé là-bas pour moi ! Tu as profité de l'occasion pour faire une petite virée dans le désert et t'amuser avec ta bande d'amis, c'est tout ! Alors, ne compte pas sur moi pour te remercier !

Un souvenir resurgit alors dans l'esprit de Bahir avec une telle intensité que l'espace d'un instant, il resta sans voix. Marina à genoux, devant lui. Sa bouche, sa langue se livrant à de telles caresses, de telles audaces que, rien qu'à cette pensée, il sentit sa libido réagir avec violence.

Ce jour-là, Marina ne s'était pas agenouillée devant lui pour le remercier, mais pour le goûter, le savourer, le dévorer. Et au contraire c'était lui, Bahir, qui l'avait remerciée…

Il secoua la tête en se demandant s'il pourrait jamais se débarrasser de ces souvenirs brûlants. Mais s'il parvenait à s'en libérer un jour, il se retrouverait bien seul durant ses longues nuits d'insomnie.

— De toute façon, je ne voudrais pas de tes remerciements, dit-il d'un ton brusque. Si j'ai accompagné Zoltan et les autres, c'était par devoir envers eux. Rien de plus.

— Quelle noblesse ! Quelle grandeur d'âme !

— Je me fiche de ton opinion sur le sujet. Mais ne te fais pas de fausses idées sur mon implication dans cette expédition : je n'ai pas changé d'avis et, si tu penses le contraire, tu te fais des illusions. Notre histoire est terminée. Pour toujours.

— Tu crois vraiment que j'ai besoin de te l'entendre répéter ? Je me souviens très bien de tes paroles. Et, pour ton information, c'est toi qui te fais des illusions si tu penses que je pourrais être assez stupide pour désirer te voir. Après ce que tu m'as dit, et la façon dont tu m'as traitée, je ne voudrais pas de toi, même si tu étais le dernier homme sur Terre !

Bahir se rassit dans son fauteuil.

— Très bien, nous sommes donc d'accord sur ce point.

— En effet, répliqua-t-elle en le foudroyant du regard.

A l'extérieur, l'atmosphère reflétait parfaitement celle qui régnait à bord, songea Bahir. Le jet descendait maintenant au milieu de nuages noirs, tandis que la pluie martelait la vitre et que de violentes bourrasques secouaient l'appareil.

Tôt ou tard, les conditions météo redeviendraient plus clémentes, mais la situation ne s'améliorerait pas entre lui et Marina. Au contraire, elle ne pouvait qu'empirer.

3.

Lorsque le jet atterrit sur un petit aéroport situé sur la côte occidentale de la Turquie, il faisait quasiment nuit alors qu'il était à peine 16 heures. Et quand ils sortirent de l'appareil, ils furent assaillis par une pluie battante et des rafales si puissantes qu'ils eurent du mal à avancer vers le véhicule qui les attendait au bord du tarmac.

Une fois les formalités d'usage remplies, Marina constata avec surprise que la voiture s'éloignait de l'aéroport.

— Pourquoi partons-nous ? demanda-t-elle en se recoiffant avec les doigts. Si nous restions sur place, nous pourrions décoller dès que les conditions météo le permettent.

Avec ses longs cheveux mouillés tombant sur ses épaules, elle paraissait plus douce, plus jeune, presque vulnérable, songea Bahir. Il revit l'expression de son visage au réveil, après une nuit d'amour. Il ne manquait que le sourire alangui et la lueur affamée au fond de ses yeux, quand elle s'installait à califourchon sur lui, prête à de nouveaux ébats.

— Tu n'as pas entendu ce qu'a dit le copilote avant que nous ne quittions le jet, princesse ? demanda-t-il en se forçant à revenir au présent. La plupart des aéroports d'Europe sont fermés. Nous ne pourrons pas décoller avant demain matin.

— Mais… J'ai promis à mes enfants d'être de retour à la maison ce soir !

Bahir détourna les yeux. Si elle croyait l'émouvoir avec sa soudaine inquiétude maternelle, elle se trompait. C'était la première fois qu'elle faisait allusion à ses enfants et puis, s'ils comptaient autant pour elle, pourquoi ne les avait-elle pas emmenés à Al-Jirad ? Enfin, vu ce qui lui était arrivé en route, elle avait bien fait, dans un sens…, reconnut-il en son for intérieur. Mais elle ne pouvait pas le prévoir, et les enfants auraient sans doute été contents d'assister au mariage de leur tante et au couronnement de Zoltan.

— Nous repartirons dès l'aube, affirma-t-il. Tu seras bientôt rentrée chez toi.

Elle resta silencieuse tandis qu'ils traversaient un village mort. Les maisons étaient toutes fermées, les volets clos, et les stores claquaient au vent : les habitants avaient tout quitté à cause de la tempête, comprit Bahir.

— Où allons-nous ? demanda Marina, le regard tourné vers la vitre. Nous aurions pu attendre dans le jet.

— L'équipage est à bord : c'est un appareil de la flotte d'Al-Jirad, ils sont obligés d'y rester. Quant à nous, nous allons dans un petit hôtel, sur la côte. Un endroit très chic, ne crains rien.

— Comme si tu avais l'habitude de descendre dans des hôtels minables…

— Je me fiche du confort, répliqua-t-il d'un bon brutal.

L'hôtel offrait en effet un luxe impressionnant : tapis somptueux, meubles raffinés, mosaïques byzantines, robinets étincelants incrustés d'émeraudes…

Mais Marina ne parvenait pas à trouver l'endroit confortable et, étendue dans le lit immense, elle attendait en vain le sommeil.

La tempête était presque terminée, à présent, bien que des éclairs jaillissent encore de temps en temps, éclairant la pièce de leur lumière blanche à travers les lourds rideaux de brocart. Par ailleurs, l'atmosphère restait lourde, et Marina regardait avec envie la porte-fenêtre donnant sur la terrasse qui surplombait la plage.

Dès leur arrivée, elle était venue s'enfermer dans sa suite, pressée de mettre de la distance entre elle et Bahir. Quelle arrogance de sa part ! Comment avait-il osé penser qu'elle pourrait désirer renouer une relation avec lui, après tout ce qu'il lui avait dit autrefois !

La croyait-il donc dépourvue de toute fierté ?

Une fois au calme dans sa suite, elle avait appelé Caterina pour la mettre au courant de la situation, puis avait parlé à chacun des enfants pour leur expliquer qu'elle arriverait bientôt à la maison.

Mais ensuite, le temps avait semblé ralentir et, allongée dans le grand lit, Marina n'avait pu fermer l'œil et avait commencé à s'interroger sur les émotions absurdes qui avaient pris possession d'elle.

Elle haïssait Bahir. Pour la façon dont il l'avait chassée de sa vie, comme un vulgaire objet usagé. Et pourtant, il avait suffi qu'elle le revoie pour être terrassée par un désir brut, essentiel, vital. Dès qu'il l'approchait, une chaleur liquide se répandait entre ses cuisses, incontrôlable, impérieuse, tandis que son cœur battait la chamade.

Etait-elle folle ? Ou simplement dévergondée ? Etait-elle au fond celle que décrivait autrefois la presse : la mondaine fêtarde toujours prête à s'amuser, avec le premier venu ?

Dieu qu'il faisait chaud dans cette chambre ! Repoussant la couette pourtant légère, Marina se redressa et s'appuya aux oreillers en soupirant. Au fond, elle avait échangé une prison contre une autre… Et dans quelques heures, elle se retrouverait à bord du jet avec Bahir, et la torture reprendrait.

Quand un nouvel éclair projeta sa lumière crue dans la pièce, Marina tourna de nouveau les yeux vers la large porte-fenêtre. Peut-être faisait-il bon, sur la terrasse ? Et le vent apaiserait sans doute la chaleur qui bouillonnait en elle, si bien que lorsqu'elle regagnerait son lit, elle pourrait enfin dormir…

Pieds nus sur l'épais tapis, Marina se dirigea vers la salle de bains pour y prendre son peignoir, avant de se rappeler qu'elle l'avait laissé dans sa valise, persuadée qu'avec cette température elle n'en aurait pas besoin.

Il y avait bien celui en tissu-éponge de l'hôtel, mais il faisait vraiment trop chaud ! De toute façon, elle ne resterait pas longtemps dehors. Et puis, elle avait trop envie de sentir l'air frais et la pluie sur sa peau.

Le vent avait diminué d'intensité, mais Marina dut néanmoins tenir les battants de la porte-fenêtre d'une main ferme pour les empêcher de claquer. Après les avoir soigneusement refermés, elle sentit ses cheveux lui fouetter le visage et sa chemise de nuit onduler sur ses jambes.

Elle frissonna, pas à cause de la pluie froide qui lui mouillait le visage et les bras, mais à cause de la délicieuse caresse du vent sur sa peau.

Lorsqu'elle parvint à la balustrade, Marina s'arrêta et contempla le spectacle qui s'étalait devant ses yeux. Le rivage était bordé d'une écume épaisse dont la blancheur contrastait avec le noir d'encre de la mer. Un parfum de sel flottait dans l'air tandis qu'au loin l'orage grondait encore. L'espace de quelques brèves secondes, un éclair zébra le ciel, puis celui-ci replongea dans l'obscurité.

En contrebas, une vague puissante vint s'écraser sur les rochers et éclaboussa Marina de ses embruns.

Le corps traversé par une décharge électrique, elle laissa échapper un halètement. Elle se sentait vivante, des pieds à la tête et, écartant les bras en croix, elle se mit à rire en s'offrant au vent.

La sensation était fabuleuse, enivrante. Marina se sentait libre, comme elle avait toujours aspiré à l'être.

Comme elle l'avait été autrefois, avant que Bahir ne lui dérobe son cœur.

Immobile sur le seuil de sa propre terrasse, Bahir regardait Marina. Incapable de trouver le sommeil, il était sorti voir la tempête s'éloigner peu à peu quand brusquement, il avait aperçu la jeune femme, à une dizaine de mètres à peine.

Il ne l'avait pas entendue sortir. Sans doute le vacarme produit par le vent et celui des vagues venant se fracasser sur les rochers avaient-ils étouffé tout autre bruit. Mais soudain, il avait surpris un mouvement, avant de découvrir sa svelte silhouette vêtue d'une longue chemise de nuit de couleur claire.

Marina, tel un fantôme surgissant du passé, s'avançait sur la terrasse, bras et pieds nus, ses cheveux noirs flottant sur son dos comme un torrent fou.

La libido de Bahir s'était aussitôt enflammée : le tissu mouillé adhérait aux seins de Marina, à son ventre, épousait la forme délicate de son pubis. Tous ces endroits secrets dont il se souvenait avec une clarté si vive que, même dépourvu de tout vêtement, le corps de Marina n'aurait pas été plus nu.

Le vent faisait remonter la chemise de nuit sur ses mollets, ses genoux, ses cuisses, et Bahir, excité comme un fou, ne put s'empêcher de se demander si elle portait quelque chose dessous, ou si sa féminité était offerte comme autrefois, à ses doigts, à sa bouche…

Dans cette tenue claire, presque blanche, elle ressemblait à une jeune vierge, alors qu'elle était loin d'en être une. Marina était une séductrice, une maîtresse au tempérament fougueux et insatiable. Mince et souple, son corps de danseuse s'adaptait à toutes les positions, à tous les excès.

Et si Bahir restait plus longtemps à la contempler…

Il fallait qu'il s'en aille. Maintenant, avant de commettre l'irréparable.

Mais ses pieds semblaient enracinés dans le sol. Incapable de se détourner, Bahir vit Marina étendre les bras en croix en éclatant de rire, présentant son visage et son corps au vent, sa chemise de nuit devenue transparente lui collant au corps.

Fasciné par ce spectacle, Bahir vacilla vers elle malgré lui.

A présent, sa chemise était trempée et adhérait à son corps, ses cheveux dégoulinaient sur son dos et ses reins, mais Marina ne s'était jamais sentie aussi bien depuis des mois. Aussi alerte. Aussi libre.

Toutefois, elle ne pouvait pas passer toute la nuit dehors, songea-t-elle en se retournant. A cet instant, un éclair déchira le ciel, illuminant la terrasse, et Marina découvrit avec stupeur qu'elle n'était pas seule.

— Bahir…, murmura-t-elle en reculant d'un pas.

Son corps avait réagi plus vite qu'elle : ses mamelons s'étaient déjà dressés sous le tissu mouillé, ses cuisses palpitaient de désir, tandis que ses pieds réclamaient d'avancer vers lui, au lieu de reculer.

Marina aurait pu s'enfuir, courir se réfugier dans sa suite, mais l'expression de Bahir l'en empêcha. Son visage ressemblait à un masque de souffrance, comme s'il luttait avec ses démons intérieurs. En dépit de son regard sombre, il demeurait d'une beauté inouïe, sa chemise blanche collant à sa peau par endroits en révélant la teinte dorée.

Comme envoûtée, Marina déglutit en sentant un goût de sel sur ses lèvres. Celui de la mer. Ou celui de la peau dc Bahir. Car, même à quelques mètres de distance, elle percevait la saveur de son ancien amant, sentait sa chaleur se propager dans son corps, comme autrefois, lorsqu'il suffisait qu'ils se retrouvent pour que le désir les consume tous deux.

— Pourquoi ? demanda-t-elle d'une voix douce.

— Tu n'arrives pas non plus à dormir, dit-il au lieu de répondre.

— J'avais trop chaud.

Avec une lenteur presque insupportable, Bahir laissa son regard courir sur son corps, attisant le feu qui couvait en elle.

Soudain, elle se rendit compte que sa chemise mouillée, complètement transparente, lui collait à la peau.

Marina referma les bras sur son buste alors qu'elle n'avait jamais ressenti de pudeur devant Bahir. Mais les temps avaient changé depuis leur aventure passionnée. A présent, elle était mère, et la grossesse avait marqué son corps. Bahir le remarquerait-il ? Cela le gênerait-il ?

De toute façon, en quoi son jugement pouvait-il lui importer ? Ce n'était pas comme si elle le…

A cet instant, il la regarda droit dans les yeux.

— Moi aussi, j'avais chaud.

Il ne parlait pas de la température extérieure, comprit Marina.

— Tu devrais rentrer, reprit-il en faisant un pas vers elle.

— Oui.

Parce qu'il avait raison, et rester aurait été de la folie pure.

Mais ses pieds refusaient toujours de bouger, même si le vent la poussait dans le dos.

— Tu devrais rentrer, répéta Bahir d'une voix rauque. Mais…

Marina redressa le menton, tous les sens à vif.

— Mais… ?

— Je préférerais que tu restes.

A ces mots, elle ferma les yeux : d'un côté, elle

regrettait de ne pas être rentrée plus tôt, et de l'autre, la femme en elle, celle qui appartenait à Bahir pour toujours, se réjouissait d'avoir entendu les paroles qu'il venait de prononcer.

— J'ai envie de toi, Marina.

En même temps, elle sentit ses mains se poser sur son visage. Et quand elle ouvrit les yeux, Marina vit un désir si intense dans ceux de Bahir qu'elle frémit au plus profond de son être.

Cela faisait si longtemps que personne ne l'avait regardée de cette façon. Personne après lui, Bahir.

Plus de trois ans s'étaient écoulés depuis ce jour affreux, se rappela-t-elle en repensant à la façon dont ils s'étaient séparés.

— Non, il ne faut pas, dit-elle en se raccrochant au fil ténu qui la reliait encore à la raison.

Mais lorsqu'il lui caressa la joue, puis fit glisser sa main sur son cou, sa gorge, elle le laissa faire en retenant son souffle.

— Je ne dois pas faire ceci ?

Marina tressaillit violemment. Le murmure de sa voix, la caresse de ses doigts, faisaient naître des étincelles délicieuses dans tout son corps.

Et quand la main de Bahir remonta sur son cou, s'approcha de ses lèvres, elle se dit que certaines erreurs devaient être commises.

Le vent la poussait toujours, comme pour l'unir à Bahir. Leurs bouches se frôlèrent, produisant une sensation merveilleuse, magique, que Marina avait pensé ne jamais revivre.

— Bahir, chuchota-t-elle contre ses lèvres.

Elle retrouvait le goût de Bahir, la senteur de Bahir, la texture de sa chair même.

Durant un moment exquis, cet effleurement de leurs deux bouches leur suffit. Jusqu'à ce qu'une plainte rauque monte de celle de Bahir tandis qu'il enlaçait Marina et l'attirait contre lui.

Cette fois, leurs bouches se dévorèrent avec avidité et Marina s'abandonna contre le corps musclé de Bahir en enfonçant les ongles dans son dos.

Elle ne rêvait pas. Bahir était bien réel, et le baiser qu'ils échangeaient aussi.

Ses lèvres glissèrent sur sa gorge, et lorsque ses doigts se refermèrent sur son sein, puis que son pouce caressa son mamelon, Marina eut l'impression de fondre.

Une vague s'écrasa au-dessous d'eux, les aspergeant de mille gouttelettes froides. Puis les nuages s'écartèrent, laissant voir la lune diaphane, tandis que Marina se pressait contre Bahir pour s'unir à lui dans une étreinte sensuelle et sauvage.

Mais lorsqu'elle sentit une main impatiente lui caresser les reins, avant de descendre vers l'endroit le plus intime de son corps, elle crut que ses genoux allaient céder.

— Bahir ! s'écria-t-elle en s'accrochant à lui.

— Une nuit, dit-il en écartant son visage du sien. Juste une nuit. C'est tout ce que je demande.

Il tenait à lui faire comprendre qu'il n'avait pas changé d'avis, qu'il ne voulait pas d'elle dans sa vie, songea Marina. Qu'il ne lui offrait qu'une nuit.

Une nuit au paradis, avant de retourner à l'aéroport et de reprendre leur voyage…

Cela valait-il la peine de sacrifier ses principes et sa fierté pour une nuit de passion ?

Oui, mille fois oui, songea Marina en sentant une excitation insensée courir dans ses veines. Et demain elle lui parlerait de leur fils. Après cela, si Bahir ne voulait plus jamais la revoir, peu importerait, parce qu'elle garderait le souvenir de cette nuit, pour toujours.

— Oui, juste une nuit, murmura-t-elle.

Aussitôt, il la souleva dans ses bras et l'emporta dans sa propre suite. Après avoir traversé la deuxième terrasse en quelques enjambées, il pénétra dans la chambre et la déposa sur le lit. Les draps étaient chiffonnés, les oreillers gisaient sur le tapis, comme si Bahir s'était livré à un combat avec lui-même.

Debout à côté du lit, il déboutonna sa chemise avant de la laisser tomber sur le sol, sans détacher un seul instant son regard du sien. Sa peau dorée luisait à la lueur de la lune filtrant entre les rideaux et bientôt, son pantalon rejoignit sa chemise. Le caleçon de soie noire suivit le même chemin, puis Bahir se releva, son érection fièrement dressée au bas de son ventre.

La bouche sèche, Marina le vit poser un genou sur le lit.

— Tu es beau, dit-elle.

Elle l'avait toujours trouvé superbe, habillé ou dévêtu, mais jamais autant que maintenant.

Sa bouche esquissa un sourire.

— Et toi, tu es trop habillée, répliqua-t-il d'une voix rauque en saisissant le bas de sa chemise de nuit.

4.

Avec une lenteur délicieuse, Bahir fit remonter le tissu sur les mollets de Marina, tout en lui embrassant les chevilles, l'arrière des mollets, le creux des genoux, l'intérieur de chaque cuisse… Au moment où elle laissait échapper un gémissement, il se redressa, les yeux étincelants.

Aussitôt, Marina creusa les reins pour l'aider à la débarrasser de sa chemise de nuit, puis souleva légèrement le buste avant qu'il fasse passer celle-ci par-dessus sa tête.

Bahir se pencha alors et déposa une pluie de baisers sur ses paupières, ses épaules, ses seins, son ventre…

A chaque caresse magique de ses doigts sur sa peau, à chaque baiser brûlant de sa bouche affamée, le désir s'amplifiait en Marina. Et soudain, les émotions qui se bousculaient en elle atteignirent une intensité à peine supportable.

Elle avait rêvé d'une telle nuit tant de fois ! Elle avait espéré que Bahir lui reviendrait, qu'il reconnaîtrait ses erreurs et la supplierait de lui pardonner. En mille scénarios différents, Marina avait imaginé cet instant.

Bahir lui aurait avoué son amour, et elle lui aurait pris la main pour la poser sur son ventre avant de lui révéler qu'elle portait son enfant.

Des jours durant, Marina s'était livrée à ce genre de fantasmes. Jusqu'au moment où elle avait compris que

Bahir ne reviendrait jamais, qu'il ne chercherait jamais à la revoir. Que tout était terminé entre eux.

Et pourtant, il était là, maintenant, et, même si leurs retrouvailles ne se déroulaient pas comme dans les rêves de Marina, leurs deux corps nus étaient enlacés.

— Tu es si belle, dit-il d'une voix sourde.

Rouvrant les yeux, Marina le vit se redresser sur ses genoux et la contempler d'un air grave, presque avec adoration.

Pourtant, son corps avait changé depuis leur dernière étreinte, songea-t-elle en soutenant son regard.

— Si belle…, répéta-t-il.

Eperdue de désir, Marina tendit les bras vers lui.

— Fais-moi l'amour, Bahir. Maintenant.

Au lieu d'accéder à sa prière, il lui prit les mains avant d'en embrasser tour à tour chaque paume.

— Oui, mais d'abord…

Après lui avoir lâché les mains, il posa les siennes sur ses cuisses et lui écarta les jambes. Comprenant son intention, Marina laissa échapper un halètement, à la fois excitée et surprise. Elle avait pensé qu'il ne perdrait pas de temps en préliminaires…

Les caresses intimes de sa bouche, de sa langue, lui avaient manqué, certes, mais pour l'instant, elle voulait sentir Bahir en elle, au plus profond de sa féminité.

— Bahir, prends-moi ! s'écria-t-elle avec fièvre.

Mais pour toute réponse, il se pencha et d'un léger coup de langue, fit naître une onde de volupté qui se propagea dans tout le corps de Marina.

— C'est si bon, murmura-t-elle en creusant les reins pour mieux s'offrir à ses caresses.

La langue de Bahir caressait avec habileté sa chair excitée, décuplant le plaisir de Marina, qui se déployait dans les moindres cellules de son corps. Et, lorsque ses lèvres expertes se refermèrent sur le bouton gorgé de désir avant de l'aspirer goulûment, Marina poussa un cri de volupté.

Les doigts de Bahir se joignirent alors à ses lèvres, explorant son intimité avec une habileté redoutable.

Marina ne resta pas longtemps au bord du précipice. Le plaisir explosa en elle, en mille étincelles éblouissantes qui l'emportèrent dans un lieu où seul Bahir avait le pouvoir de la conduire.

Il avait toujours été le plus fabuleux des amants, songea-t-elle en redescendant lentement sur terre. Et leur entente charnelle était restée aussi fantastique qu'autrefois.

Lorsqu'il reprit sa bouche, Marina sentit son propre goût sur ses lèvres. Et Bahir l'embrassa avec une telle fougue que son désir ranima le sien.

— Tu es tellement sexy, dit-il d'une voix rauque en se redressant soudain. Est-ce que tu te rends compte que je te désire comme un fou ?

Marina sourit et le regarda tendre la main vers son portefeuille posé sur la table de nuit, avant d'en extraire un petit sachet qu'il déchira avec les dents.

— Heureusement que je suis responsable, ajouta-t-il.

— Pardon ? répliqua Marina en battant des paupières avec incrédulité. Qu'est-ce que tu as dit ?

Après avoir fait rouler le préservatif sur sa puissante érection, Bahir se réinstalla au-dessus d'elle.

— J'ai dit : heureusement que l'un de nous deux n'a pas perdu la tête.

Un frisson désagréable parcourut Marina.

— Tu me trouves irresponsable, c'est cela ?

— Ce n'est pas ce que j'ai dit, répliqua-t-il avant de se pencher vers son sein.

— Si, protesta-t-elle en tentant de le repousser. Tu penses être le seul responsable, le seul à penser à la contraception. Que toi seul n'as pas perdu la tête.

— Oublie ce que j'ai dit, ce n'est pas important !

— Si ! Je ne…

— Marina, arrête, l'interrompit-il. Je ne voulais pas…

— Tu as dit que j'étais irresponsable ! s'entêta Marina. Tout cela parce que tu as parlé de contraception avant que j'aie eu le temps de le faire. Et tu en conclues que je n'y songeais même pas !

— Ce n'est pas moi qui ai deux enfants illégitimes. Et franchement, je pensais que tu aurais tenu à prendre toutes les précautions pour ne pas risquer d'en avoir un troisième.

Blessée par l'injustice contenue dans ses paroles, Marina sentit le sang battre à ses tempes.

— Comment oses-tu me parler ainsi ? s'emporta-t-elle en le repoussant de toutes ses forces. Comment oses-tu parler de mes enfants et dire que je suis irresponsable ? Lâche-moi !

— Calme-toi ! répliqua-t-il en lui saisissant le poignet. Qu'est-ce qu'il te prend ?

Marina le foudroya du regard.

— C'est trop facile. Tout ceci est une erreur, Bahir. Une énorme erreur.

— Ne t'inquiète pas, fit-il entre ses dents avant de rouler sur le côté. Cela ne se reproduira plus.

Marina se leva à la hâte et ramassa sa chemise de nuit, avant de l'enfiler sans se soucier de la remettre à l'endroit.

— Non, en effet : il n'y a aucun risque que je commette de nouveau une erreur aussi regrettable, riposta-t-elle sèchement en se dirigeant vers la porte.

La veille, le vol avait été une véritable épreuve, mais à présent, se retrouver à bord avec Bahir équivalait à une torture.

Marina reposa de nouveau son roman en soupirant. Ce fichu vol ne finirait-il donc jamais ? Cela faisait au moins dix fois qu'elle essayait de relire le même passage, sans jamais parvenir à se concentrer sur les mots.

En vérité, elle était trop occupée à s'accabler de reproches pour pouvoir penser à autre chose. Comment avait-elle pu se laisser aller ainsi, renonçant à toute prudence, à toute logique ? Où était passée la sagesse qu'elle avait cru acquérir au cours des dernières années ? se demanda-t-elle en se maudissant.

Et quand elle se rappela la façon dont elle avait sombré dans la jouissance, elle eut envie de se recroqueviller dans son fauteuil et de disparaître dedans. Comment pourrait-elle supporter de se regarder dans un miroir, dorénavant ? En outre, les effluves virils de Bahir lui titillaient les narines, mêlés à la senteur raffinée de son eau de toilette…

Marina ferma les yeux et serra les paupières, bien déterminée à ne pas tourner la tête de son côté, mais les souvenirs défilaient dans son esprit avec un réalisme terrifiant.

Bahir avait peut-être raison, songea-t-elle en serrant également les cuisses. Elle était peut-être irresponsable. Mais pas de la façon dont il l'entendait.

Comme elle l'avait redouté, l'atterrissage à Pise fut retardé, l'aéroport devant faire face aux conséquences de la tempête survenue la veille. Plusieurs avions occupaient la piste, ainsi que des bus faisant la navette entre ceux-ci et l'aéroport.

Lorsqu'ils atterrirent enfin, Marina avait les nerfs à vif, à tel point qu'elle se fichait éperdument que Bahir soit le père de son fils et d'avoir eu l'intention de l'en informer.

Maintenant qu'ils avaient débarqué et que ses bagages avaient été transférés dans la voiture venue les chercher, Marina ne désirait plus qu'une chose : que Bahir s'en aille.

— A présent, je n'ai plus besoin de toi, dit-elle sans le regarder. Tu peux t'en aller.

Interloqué, Bahir la contempla en plissant les yeux.

Elle le congédiait ? Comme un vulgaire garde du corps ?

— Ce n'est pas ce qui a été prévu, princesse.

Pour la première fois depuis qu'elle l'avait quitté cette nuit, la tête haute, elle se tourna vers lui et le regarda d'un air excédé. Décidément, Marina n'appréciait pas qu'il l'appelle par son titre au lieu de son prénom…

— J'ai promis de veiller sur toi jusqu'à ce que tu sois en sécurité chez toi, expliqua-t-il.

— Si je pars seule, personne n'en saura rien.

— Ce n'est pas à toi d'en décider, répliqua-t-il en posant son sac de voyage à côté des bagages de Marina. Puis il fit signe au chauffeur qu'il pouvait refermer le coffre.

— Ni à moi, reprit Bahir. J'ai passé un arrangement avec Zoltan, et je le respecterai jusqu'au bout.

— Ce n'est vraiment pas la peine de m'accompagner jusqu'en Toscane…

— Monte, dit-il en lui ouvrant la portière.

— Mais je n'ai pas envie que tu…

Bahir se pencha vers son oreille.

— Et moi, tu crois que j'en ai envie ? Tu crois que je désire être ici ? Il ne s'agit pas de relation personnelle, mais de devoir, princesse. Et de rien d'autre. J'ai dit à Zoltan que je t'accompagnerais jusqu'au bout et je le ferai, quoi qu'il m'en coûte.

Il s'effaça pour la laisser monter, mais elle resta immobile, manifestement prête à exploser sur place. Ses yeux lançaient des éclairs tandis qu'elle le regardait, les mâchoires crispées.

— Quand tu veux, princesse. Je sais que tu es impatiente de retrouver tes chers enfants.

Quant à lui, il brûlait d'en finir avec elle, pour toujours.

— Tu as raison, c'est une question de devoir, répliqua-t-elle, les lèvres pincées. Je l'avais oublié. Mais ne dis pas que je ne t'avais pas prévenu !

Bahir ne se donna même pas la peine de demander à

quoi elle faisait allusion. Après avoir claqué la portière derrière elle, il échangea quelques mots avec le chauffeur, prit les clés et s'installa au volant. Il était hors de question qu'il voyage à côté d'elle. Et puis, en conduisant, il pourrait se concentrer sur la route, plutôt que sur des broutilles.

Et surtout, il ne penserait pas à elle.

Après avoir pris la direction de Gênes, Bahir bifurqua vers le nord de la Toscane où vivait Marina. Il jeta un coup d'œil dans le rétroviseur : depuis le départ de l'aéroport de Pise, elle n'avait pas prononcé un mot et, les yeux dissimulés derrière d'épaisses lunettes noires, elle semblait s'être drapée dans sa dignité outragée.

Quelle différence avec la femme brûlante qui avait brièvement partagé son lit, la nuit précédente…

Qu'est-ce qu'il lui avait pris de s'en aller, bon sang ? se demanda Bahir une fois de plus. Où était le problème ? Avait-elle joué à un jeu pervers en s'offrant et en se retirant ainsi ? Avait-elle cherché à se venger de la façon dont il l'avait chassée de sa vie autrefois ?

Elle ne pouvait tout de même pas avoir été vexée par cette allusion à son irresponsabilité… Les médias ne l'avaient pas ménagée, à l'époque de leur rupture, et elle pouvait difficilement avoir pris ses paroles pour une insulte.

En outre, elle avait deux enfants dont l'identité du père n'avait jamais été révélée — et il y avait fort à parier que Marina elle-même ne la connaissait pas !

Sur l'autoroute, en dépit de la circulation très dense à cette heure, le puissant véhicule avalait les kilomètres et arriva bientôt sur une route moins fréquentée conduisant à la région montagneuse où s'était installée Marina.

Lorsqu'il avait appris ce détail, Bahir avait reçu un choc. Il s'était en effet imaginé qu'elle vivait toujours en ville, où à proximité, afin de pouvoir continuer à mener sa vie de fêtarde mondaine. Mais elle avait des enfants, à présent. Ce qui ne l'empêchait sans doute pas de sortir, songea-t-il. Peut-être les confiait-elle à une gouvernante quand elle s'absentait pour aller faire la fête.

De plus en plus étroite, la route longeait maintenant un fleuve qui traversait une vallée, entourée de sommets impressionnants. De temps en temps, ils traversaient un village pittoresque aux maisons couleur rose tendre, ou ocre.

Bahir doubla un énième tracteur roulant au ralenti. La région semblait peu propice aux excès, songea-t-il en jetant de nouveau un coup d'œil dans le rétroviseur. Mais peut-être Marina n'y vivait-elle pas en permanence.

Pour l'instant, les yeux toujours cachés derrière ses lunettes noires, elle gardait les mâchoires serrées et soudain, Bahir trouva qu'elle avait l'air très las.

Pas étonnant, après ce qui s'était passé la nuit dernière, songea-t-il. Toutefois, il n'avait pas l'intention de la plaindre. D'autant qu'elle avait eu droit à un peu de jouissance. Tandis que lui avait attendu l'aube en proie à une frustration intolérable, torturé par des visions de son corps nu, ravissant, excité et… offert. Avant qu'elle ne se refuse à lui sous un prétexte absurde !

— Tu ne m'as pas entendue ? demanda-t-elle d'un ton sec. Je t'ai dit de tourner à gauche.

Bahir s'arrêta avant de faire marche arrière pour prendre la direction indiquée.

— C'est encore loin ? demanda-t-il.

A présent, il s'agissait plus d'un chemin que d'une route, qui serpentait à flanc de montagne.

— Non. Plus que quelques kilomètres.

Sur l'autoroute, avec un véhicule aussi puissant, ces quelques kilomètres auraient été parcourus en cinq minutes. Mais sur cette voie empruntée davantage par les chèvres que par des voitures, avec ses lacets impossibles, l'ascension parut interminable à Bahir.

A la sortie d'un virage en épingle, il freina en voyant

un 4x4 surgir en face de lui, puis se rangea le plus possible sur la droite. L'autre véhicule ne passa qu'à quelques millimètres de sa voiture.

Bahir salua machinalement le conducteur avant de pousser un soupir agacé. Pourquoi Marina s'était-elle installée dans un endroit aussi paumé ? D'autre part, cet isolement correspondait si peu à la fêtarde qu'il avait connue autrefois…

Au fur et à mesure qu'ils gravissaient la montagne, la vue devenait de plus en plus impressionnante. En contrebas, les vallées se succédaient, dominées par des montagnes majestueuses, grises et vertes.

— Après le prochain virage, tourne à gauche, dit Marina.

Après avoir fait quelques centaines de mètres sur une allée de gravier, Bahir contempla avec stupeur la villa de pierre qui se dressait devant eux.

Il aurait été incapable de dire à quoi il s'était attendu, mais sûrement pas à cela. Des bougainvillées grimpaient sur la façade, leurs fleurs vermillon formant un contraste gai avec les nuances claires de la pierre.

Après s'être garé, Bahir sortit du véhicule et regarda autour de lui, le soleil de Toscane lui chauffant les épaules. Plus doux que celui du désert, songea-t-il, même si en ce début d'après-midi, il était assez fort.

Sans attendre qu'il vienne lui ouvrir sa portière, Marina sortit à son tour.

— C'est ici que tu vis ? demanda-t-il en soulevant le couvercle du coffre.

Elle tendit la main pour prendre ses valises, mais Bahir la devança en secouant la tête.

— Oui, dit-elle. Nous sommes arrivés chez moi.

Puis elle s'avança vers les marches situées sur le côté de la villa. La suivant avec les bagages, Bahir se retrouva bientôt sur une charmante terrasse aux pavés inégaux, surmontée d'une pergola.

De là, la vue était encore plus époustouflante. Au-delà de la vallée fertile, un petit village s'accrochait à flanc de montagne, les teintes rosées des maisons tranchant sur le vert profond des vergers et des forêts. Au premier plan, les terres cultivées s'étendaient, luxuriantes.

A cet instant, un bruit de pas parvint de l'intérieur de la villa, suivi de voix excitées :

— Maman, maman !

La porte s'ouvrit bientôt, et deux enfants aux cheveux noirs sortirent de la maison en criant et riant.

Le petit garçon se jeta dans les jambes de Marina.

— Maman ! s'écria le petit garçon en entourant de ses bras les mollets de Marina.

Une minuscule petite fille se jeta à son tour dans les jambes de sa mère, puis leva son visage vers elle en lui tendant les bras.

Gagné par une étrange sensation, Bahir regarda Marina se pencher pour prendre ses enfants dans ses bras et les embrasser tour à tour en riant, avec une émotion manifeste.

Savoir qu'elle avait un fils et une fille était une chose, mais la voir avec eux…

Bahir détourna les yeux. Les effusions familiales n'étaient vraiment pas son truc. D'autre part, il n'avait pas envie de penser aux hommes avec lesquels elle avait créé ces jeunes vies… après lui avoir juré qu'elle l'aimait d'un amour éternel.

— Vous êtes enfin arrivée, Dieu merci !

Tournant la tête vers la porte, Bahir vit une femme d'une quarantaine d'années apparaître en frottant ses mains sur son tablier couvert de farine.

Elle ne regardait pas Marina et les enfants, mais lui, Bahir, droit dans les yeux. Après avoir haussé un sourcil perplexe, la femme s'adressa à Marina.

— Le déjeuner est presque prêt. Dois-je ajouter un couvert ?

Marina se redressa et prit chacun des enfants par une main.

— Bahir, je te présente Caterina, la nounou des enfants, la gouvernante de la villa — et mon irremplaçable bras droit !

Puis elle baissa les yeux vers les petits.

— Et voici Chakir et Hana. Bahir a eu la gentillesse de m'accompagner jusqu'ici, expliqua-t-elle. Dites-lui bonjour, les enfants.

La gentillesse de l'accompagner ? Pas vraiment. Mais cette fois, Bahir fut forcé de regarder les deux enfants de Marina. Il n'avait pas le choix. Tous deux restèrent silencieux, la petite fille s'appuyant contre la jambe de sa mère, le pouce enfoncé dans la bouche, visiblement pas impressionnée du tout par la présence d'un inconnu.

Mais c'était le petit garçon qui troublait le plus Bahir. En effet, celui-ci le regardait d'un air méfiant, presque avec défi, comme s'il protégeait sa mère et entendait bien le montrer. Quant à ses yeux noirs…

— Je ne reste pas, dit Bahir d'un ton brusque.

Se rendant compte qu'il tenait toujours les valises de Marina dans ses mains, il les posa sur les pavés ocre rouge et recula d'un pas.

— Tu… Tu devrais déjeuner avec nous, dit Marina.

Elle se forçait, de toute évidence.

— Non, je dois m'en aller…, répliqua-t-il.

Mais ses pieds restaient rivés au sol.

La gouvernante l'observait. Marina le contemplait, l'air soudain fragile et vulnérable, tandis que ses enfants le fixaient en silence de leurs grands yeux.

Ceux du petit garçon lui semblaient si familiers…

Un frisson glacé traversa Bahir : ses yeux étaient semblables aux siens.

L'air pur de la montagne s'épaissit soudain, en même temps qu'un goût de fiel lui montait aux lèvres.

— Non, murmura-t-il. Pas ça…

Il se rendit vaguement compte que Caterina entraînait les enfants à l'intérieur de la villa.

Quant à Marina, elle resta immobile en face de lui, pétrifiée, le visage blême.

5.

— Non ! répéta-t-il.

Bahir pivota sur lui-même avant de s'éloigner à grands pas sur la terrasse. Il fallait qu'il s'en aille, loin de cette villa, de ce cauchemar…

— Je suis désolée, dit Marina derrière lui. Je comprends que cela soit un choc.

Il se retourna d'un mouvement brusque.

— Un choc ? Je découvre que j'ai un enfant de… — de combien ? Deux ans ? C'est la première fois que j'entends parler de son existence, et tu appelles cela un choc ?

— Chakir a eu trois ans il y a deux mois.

Bahir se livra malgré lui à un rapide calcul : trois ans et deux mois, plus neuf mois de grossesse… Si elle disait la vérité, les dates coïncidaient à peu près. Mais cet enfant ne pouvait pas être de lui. C'était impossible.

Cependant, comment expliquer la ressemblance de ses yeux noirs avec les siens ?

Après voir pris une profonde inspiration, Bahir continua d'arpenter la terrasse, cherchant des réponses et n'en trouvant aucune, tout en se répétant inlassablement que c'était impossible.

Ainsi, il était père depuis trois ans, sans que Marina ne daigne l'en informer ? Par ailleurs, pourquoi avait-elle décidé de le mettre au courant maintenant ?

— Dis-moi, que veux-tu, Marina ? dit-il en fondant sur elle. De l'argent ? Le vrai père t'a laissée tomber, alors tu profites de l'occasion pour me faire endosser la paternité, c'est cela ? Pour que je t'aide à assumer les conséquences de ton erreur, et pour pouvoir continuer à vivre tranquillement ici ?

— Chakir n'est pas une erreur, répliqua-t-elle en serrant les poings. Ne prononce plus jamais ce mot en parlant de notre fils !

Bahir se tourna vers la porte par où avaient disparu la gouvernante et les enfants.

— Il n'est pas de moi. C'est impossible.

— Pourquoi ? Parce que le grand et infaillible Bahir en a décidé ainsi ?

— Parce que j'ai utilisé des préservatifs, comme je le fais toujours !

— Et les grossesses non désirées n'arrivent qu'aux autres, aux irresponsables, c'est cela ? Aux gens comme moi ?

— Je n'ai jamais voulu avoir d'enfant !

— Je ne l'envisageais pas non plus, et pourtant Chakir est arrivé, en dépit de toutes les précautions que nous avions prises. Tu es un joueur, non ? Alors disons que nous avons misé sur la contraception et que nous avons perdu.

Que savait-elle du jeu ? se demanda-t-il en la toisant. Du gain et de la perte ? Rien, comparé à lui.

— Bon, d'accord, tu as eu un enfant. Ce que je ne comprends pas, c'est pourquoi tu parais aussi déterminée à m'en attribuer la paternité. Toi qui as enchaîné les amants aussitôt après notre séparation…

Elle vacilla, comme s'il l'avait frappée, avant de se ressaisir aussitôt.

— Et moi, c'est toi que je ne comprends pas, Bahir, riposta-t-elle en levant le menton. Comment peux-tu douter que Chakir soit ton fils ? Tu sais très bien que c'est la vérité. Tu l'as su dès que tu as posé les yeux sur lui. Ne dis pas le contraire, j'ai vu l'instant exact où tu l'as compris.

— Il y a une ressemblance, et alors ? fit-il en haussant les épaules. Simple coïncidence. Tu ne peux pas être sûre qu'il soit de moi.

— J'en suis certaine, Bahir. Parce que je venais juste de me rendre compte que j'étais enceinte quand je suis venue te voir. Le jour où tu as décidé de me chasser de ton existence, pour toujours.

— Tu étais déjà enceinte à ce moment-là ?

— Je venais de le découvrir et je me sentais nerveuse. Mais en même temps, j'étais… excitée. Et je pensais — j'espérerais — que tu le serais un peu, toi aussi.

— Pourtant, tu ne m'as pas parlé de ton état.

— Parce que cela n'aurait servi à rien ! Tu m'as dit que mon amour ne t'intéressait pas, tu m'as ordonné de sortir de ta vie. Tu m'as précisé que le couple et la famille, ce n'était pas pour toi — tu te souviens ? Tu as ajouté que tu ne souhaiterais jamais avoir d'enfants. Alors, franchement, pourquoi t'aurais-je dit que j'étais enceinte ?

Bahir baissa les yeux sur les pavés usés par le temps. Les souvenirs de ce jour atroce lui revenaient à la mémoire, des images, des sensations, qu'il avait essayé en vain d'effacer.

— Alors, tout est ma faute, c'est cela ? Tu as négligé de m'informer que j'avais un enfant, mais c'est ma faute ?

Elle resta silencieuse pendant quelques instants, puis laissa échapper un profond soupir.

— Non. Il ne s'agit pas de faute, Bahir. J'essaie juste de t'expliquer pourquoi je ne t'ai rien révélé. Si ce jour-là, après tout ce que tu m'avais dit, je t'avais annoncé que j'étais enceinte, tu n'aurais pas sauté de joie, n'est-ce pas ? Tu affirmais ne pas vouloir d'enfant avec une telle force ! Je ne pouvais pas te le dire. En plus, je ne voulais pas prendre le risque que tu me demandes…

Bahir redressa la tête en battant des paupières. Elle pensait qu'il lui aurait demandé de se faire avorter, comprit-il.

Soudain, les souvenirs de ce jour funeste resurgirent avec une netteté presque insoutenable. Il se revit ouvrant le paquet reçu au courrier du matin, avant que Marina n'arrive, le sourire aux lèvres…

Il l'avait presque haïe, à ce moment-là. Et lorsque, un peu plus tard, elle lui avait demandé s'il aimerait fonder une famille, il avait senti le sol basculer sous ses pieds.

Marina… Son ensorcelante maîtresse qu'il pensait connaître. Il avait cru qu'ils se comprenaient tous les deux, vivant au jour le jour, au présent, jouissant de chaque instant.

Jusqu'à ce qu'elle ne se révèle aussi avide et aussi envahissante que les autres.

— As-tu déjà envisagé d'avoir des enfants ? avait-elle demandé.

Un nouveau frisson glacé le parcourut à ce souvenir.

— Je t'aime, avait-elle ajouté, d'une voix tremblante d'émotion.

Bahir avait alors senti son corps et son cerveau se figer. Et maintenant, il apprenait que ce jour-là, elle savait déjà qu'elle était enceinte !

Si elle le lui avait révélé, aurait-il cherché à la convaincre de se faire avorter ? Honnêtement, il n'en savait rien. Il n'avait jamais songé à une telle éventualité. Il n'était sûr que d'une chose : il ne voulait pas d'enfants. Jamais.

Pourtant, quand il avait vu ce petit garçon… Bahir poussa un juron. Parfois, mieux valait ne pas réfléchir.

— Eh bien, puisque tu as jugé préférable de ne rien me dire à l'époque, ni plus tard, pourquoi cette envie subite de m'en parler ? demanda-t-il avec une soudaine lassitude.

Il en avait assez de tout cela, des mensonges, de la tromperie, de cette prétendue vérité…

— Je n'ai pas eu envie de te le dire, répliqua-t-elle en secouant la tête.

Ses longs cheveux dansaient sur ses épaules, le

soleil les teintant de reflets bleutés. Bon sang, pourquoi prêtait-il attention à de tels détails ? se demanda Bahir en se fustigeant.

— J'aurais préféré que tu ne le saches jamais, poursuivit-elle. Et puis, tu m'avais dit que tu ne voulais plus jamais me revoir, non ? Alors, pourquoi aurais-je cherché des complications en t'apprenant une nouvelle que tu ne souhaitais pas entendre ? C'est comme cela que j'ai raisonné. Mais je n'avais pas prévu ce qui s'est passé récemment, et…

— De quoi parles-tu ? l'interrompit-il d'un bon brusque.

— Du jour où tu es venu me chercher avec les autres, au campement de Mustafa. Je ne m'y attendais vraiment pas, puisque tu avais dit que tu ne…

Bahir l'interrompit de nouveau, les mâchoires crispées.

— Je l'ai fait pour Zoltan et Aisha. J'aurais fait la même chose s'ils m'avaient demandé d'aller secourir n'importe qui.

— Merci de l'exprimer avec une telle délicatesse, répliqua-t-elle avec ironie. Mais je ne me fais pas d'illusions, je t'assure. Tu as agi par devoir envers tes frères du désert. Je le comprends parce que, en te revoyant, j'ai compris que je te devais la vérité, par devoir. Même si je savais très bien que cette démarche serait très désagréable, autant pour toi que pour moi. J'ai pensé que tu avais le droit de savoir que tu étais père, bien que tu aies affirmé ne pas vouloir d'enfant. Il ne s'agissait donc pas d'envie, mais, je le répète, de devoir.

Un éclat doré traversa son regard.

— Sinon, pourquoi crois-tu que j'aurais accepté de partir avec toi ?

— Les choses se sont vraiment passées comme tu le décris ?

Elle haussa les épaules tandis qu'un sourire doux et triste s'esquissait sur sa belle bouche sensuelle. Cette bouche que quelques heures plus tôt… Bahir réprima un juron et repoussa les images torrides qui se précipitaient dans son esprit.

— Crois-tu vraiment que j'aurais pu désirer que ce soit toi qui me raccompagnes jusqu'ici ? Tu étais bien la dernière personne avec qui je souhaitais voyager, et je savais que tu ressentais la même chose vis-à-vis de moi, mais je n'avais pas le choix. La vie m'offrait une opportunité unique de te dire la vérité.

Bahir fonça les sourcils avec irritation.

— Si je comprends bien, Zoltan était au courant ? Le monde entier a-t-il appris la vérité avant moi ?

— Non. Zoltan ne sait rien. Je ne l'ai dit qu'à Aisha, et je ne lui en ai parlé que parce que c'est elle qui a eu cette idée folle de nous faire voyager ensemble. Elle pensait que comme nous nous connaissions, tu étais la personne idéale pour m'accompagner. J'ai essayé de la dissuader, mais en vain. Et à la fin, je lui ai expliqué pourquoi ça ne fonctionnerait pas.

— Pourtant, tu as fini par accepter.

— Aisha a achevé de me convaincre de ce que je pensais déjà : que tu devais connaître la vérité.

Elle inclina légèrement la tête avant de poursuivre.

— Mais quand je me suis retrouvée à bord de ce jet avec toi, je n'ai pas su trouver les mots qu'il fallait. Tu paraissais si sombre, si furieux contre moi que j'ai eu peur. Alors j'ai jugé plus facile de me taire. Et j'aurais préféré continuer seule à partir de Pise, sans rien te dire. C'était plus commode…

Quand elle releva la tête, une lueur indéchiffrable éclaira son regard.

— Mais tu as insisté pour m'accompagner, et pour conduire, poursuivit-elle. Et maintenant, tu sais tout.

Elle plissa le front avant d'ajouter :

— Au fond, il ne s'agissait pas de toi. Enfin, pas seulement.

— Que veux-tu dire ?

— Je l'ai fait pour Chakir. Pour notre fils.

Bahir se tourna vers la villa.

— Tu crois vraiment que cela compte pour lui ?

— Peut-être pas dans l'immédiat, mais plus tard, oui, il cherchera à connaître son père. Il en aura besoin pour se comprendre lui-même, pour trouver sa place dans le monde. Tu dois te préparer à cette éventualité.

— C'est tout ce que tu attends de moi ?

— Pour un homme qui ne veut pas d'enfant, c'est bien suffisant, non ? En ce qui te concerne ta famille, je te laisse libre de le leur dire ou non. Et si…

Elle croisa les bras sur sa poitrine, comme pour se donner du courage.

— Si, par exemple, ils désiraient faire sa connaissance, ou s'ils souhaitaient voir une photo de lui, me le ferais-tu savoir ?

— Ils ne t'importuneront pas, affirma-t-il. J'en suis certain.

Après avoir contemplé un instant le panorama somptueux qui s'étalait devant ses yeux, Bahir se tourna de nouveau vers la belle villa.

— Pas mal, comme endroit. C'est ton père qui l'a achetée pour toi ? Pour les enfants ?

Apparemment surprise par sa question, elle secoua la tête en battant des cils.

— Non. Elle appartient à un ami.

Le père de sa fille ?

— Pratique.

— Oui, en effet, approuva-t-elle.

Qu'avaient-ils encore à se dire, à présent ? se demanda Bahir.

— Bon, eh bien… Je crois que nous nous sommes tout dit.

Elle le regarda en resserrant les bras autour de son buste.

— Oui.

C'était une façon de le congédier, comprit Bahir. Mais cette fois, il était tout prêt à s'en aller.

— Je dois partir. Je ne déjeunerai pas avec vous.

— Bien sûr, approuva-t-elle, soulagée. Merci de m'avoir accompagnée jusqu'ici. A présent, excuse-moi, mais je suis impatiente de retrouver mes enfants.

Puis elle se détourna brusquement et disparut bientôt à l'intérieur de la villa.

Immobile sur son siège, Bahir se sentait comme paralysé. Il devait mettre le contact, passer la première, desserrer le frein à main et démarrer avant de partir le plus loin possible de cette villa et de ses occupants... Ensuite, il oublierait ce qui venait de se passer, il enfouirait ces souvenirs au plus profond de sa mémoire, pour toujours.

Puisque Marina avait pu lui tourner le dos sans un regard en arrière, il pouvait bien faire de même. Et ficher le camp.

Pourtant, il s'en sentait incapable. Parce que, cette fois, il ne s'agissait pas seulement de s'éloigner d'elle, mais aussi de lui. Du petit garçon. Son fils ? Bien sûr que c'était son enfant : il lui avait suffi de voir ses yeux pour en acquérir la certitude ! Pas besoin de recourir à un quelconque test de paternité.

Les yeux de Chakir étaient la réplique parfaite des siens, comme ceux du petit frère de Bahir que sa mère avait tenu dans ses bras. Il revécut l'instant précis où son père lui avait alors pris le menton en lui disant que le bébé ressemblait trait pour trait à celui qu'il avait été lui-même autrefois.

Et maintenant Bahir retrouvait ce même regard. Chez son propre fils.

Il repensa à son tout jeune frère, aux fêtes organisées pour célébrer sa naissance. Il ressentit le choc atroce éprouvé en apprenant que la mort avait emporté le petit, avec tous les autres. Il revit l'amulette qu'avait portée son petit frère au moment de son départ pour l'au-delà.

Les traits de Chakir resurgirent alors dans son esprit avec une précision presque insoutenable. Bahir n'avait jamais désiré avoir d'enfant. Il n'avait jamais voulu prendre le risque de perdre un être cher.

Et pendant toutes ces années, son système de protection avait fonctionné : il n'avait rien perdu. Sauf de l'argent. Et encore, il n'en perdait jamais. Ou presque. Et même alors, il ne s'agissait que de cela : de l'argent. Par ailleurs, il en possédait suffisamment pour se permettre ce luxe.

Et voilà qu'il apprenait qu'il avait un fils. Un petit garçon qui se trouvait là, à quelques mètres à peine, dans cette villa — qui avait sans doute été prêtée à Marina par le père de sa fille.

Pouvait-il concevoir que son fils soit élevé dans de telles conditions, aux frais de l'un des nombreux amants de sa mère ?

C'était à Bahir qu'il revenait d'offrir un toit à son enfant. Certes, il n'avait jamais envisagé de fonder une famille, mais il n'avait pas pour autant renoncé aux principes dont il avait été nourri depuis sa propre naissance.

Ses racines étaient celles d'un Bédouin, de pure souche. Et celles-ci vibraient soudain en lui avec une intensité incroyable.

Aux yeux de son peuple, la famille était essentielle. Par conséquent, comment aurait-il pu s'en aller maintenant, en abandonnant son fils ?

Après avoir refermé la porte derrière elle, Marina s'y appuya en inspirant à fond, puis essuya les larmes qui perlaient à ses paupières. Il fallait absolument qu'elle se ressaisisse avant d'aller rejoindre les enfants et Caterina.

Sinon ils lui poseraient des questions embarrassantes, auxquelles elle se sentait pour l'instant incapable de répondre.

Lorsque Bahir avait demandé à qui appartenait la villa, elle avait failli s'effondrer sur place. Pour tenir le coup, elle s'était alors concentrée sur les expressions qui jouaient sur son beau visage, révélant sans la moindre ambiguïté ce qu'il pensait.

Il avait tout de suite présumé que l'homme qui lui prêtait la villa était l'un de ses amants. Après tout, qu'aurait-il eu à redire si elle avait effectivement profité de l'aide matérielle d'un homme riche et généreux ? Qu'est-ce que ça pouvait bien faire à Bahir que, après lui, elle ait eu des amants susceptibles de la combler de cadeaux ? De son côté, il n'était pas resté célibataire ! Marina ne se faisait aucune illusion là-dessus.

En fait, par son attitude, Bahir n'avait réussi qu'à renforcer sa certitude qu'il valait mieux qu'il s'en aille. Le plus vite possible.

A présent, elle avait accompli son devoir : il connaissait la vérité et il était libre d'agir à sa guise. Il allait sans doute reprendre sa vie de play-boy insouciant, de joueur, comme si Chakir n'existait pas.

Marina s'essuya les yeux une dernière fois. Il était temps qu'elle avance dans sa vie, et renonce pour toujours à l'espoir chimérique qu'un jour Bahir puisse changer d'avis.

Leur histoire appartenait au passé. Il n'avait aucun rôle à jouer dans son existence. Il avait rompu avec elle quatre ans plus tôt, et Marina devait l'accepter, complètement.

La voix chaleureuse de Caterina lui parvint de la cuisine, aussitôt suivie du rire de Chakir et d'un petit gloussement d'Hana.

Marina sentit son cœur se gonfler de tendresse. Tant pis pour Bahir s'il tournait le dos à son fils et l'abandonnait. Il s'agissait de son choix à lui, pas du sien.

*
* *

Lorsqu'à la fin du repas, quelqu'un frappa à la porte, un frisson parcourut Marina.

Ce ne pouvait pas être lui…

— J'y vais, dit Caterina en l'observant avec attention.

— Non, répliqua aussitôt Marina. Restez avec les enfants, Caterina.

— Et si c'est lui ?

Marina se força à soutenir son regard inquiet et se leva de sa chaise en affichant un sourire faussement serein.

— Dans ce cas, il demandera à me parler. Alors autant que j'y aille.

A cet instant, des coups retentirent de nouveau dans l'entrée, plus insistants. Cette fois, Marina n'eut plus aucun doute sur l'identité de leur visiteur.

— Vous en êtes sûre ? demanda Caterina en rassemblant les assiettes vides.

Elle s'était exprimée d'un ton neutre, mais Marina voyait l'anxiété assombrir ses yeux doux.

Caterina, originaire du village voisin, possédait le don d'apaiser les atmosphères les plus tendues, et sa présence constituait une aide précieuse pour Marina. Elle repensa à l'époque où elles s'étaient occupées toutes les deux de Sarah, à la fin, puis comment Caterina avait réussi à maintenir l'équilibre dans leur petite famille meurtrie, alors que tout aurait très bien pu basculer dans le chaos.

— Oui, ne vous inquiétez pas, Caterina. Je reviens tout de suite : c'est probablement quelqu'un du village.

N'importe quel villageois se serait présenté à la porte de la cuisine, et elles le savaient toutes les deux. Mais Caterina se contenta de hocher la tête et continua à ramasser les couverts avant de les poser sur la pile d'assiettes.

Refoulant son appréhension, Marina se dirigea vers

la solide porte en chêne, puis l'ouvrit après avoir inspiré à fond.

— Bahir ? fit-elle avant de s'avancer un pas pour refermer la porte derrière elle.

Lorsqu'elle l'avait laissé tout à l'heure, il avait l'air défait, mais à présent, il paraissait plus grand et plus dominateur que jamais. Il ressemblait à un guerrier, songea-t-elle en tressaillant devant la froideur déterminée de son regard. Prêt à tous les combats.

— Tu désires quelque chose ? poursuivit-elle, la bouche sèche.

— Oui, en effet, dit-il d'une voix dure. Mon fils.

Il fallut quelques instants à Marina pour assimiler le sens de ses paroles. Et quand elle eut compris, elle se sentit devenir glacée.

— Que veux-tu dire par là, exactement ? demanda-t-elle avec effort.

— C'est pourtant très simple : tu as eu notre fils pour toi seule pendant trois ans. Maintenant, c'est mon tour.

6.

— Non ! s'écria Marina.

— En fin de compte, j'ai décidé qu'un rôle de père absent ne me suffirait pas, poursuivit-il, ignorant sa réaction. Si cet enfant est de moi comme tu l'affirmes, j'ai une responsabilité envers lui, et je tiens à ce qu'il soit élevé convenablement.

— Chakir est élevé convenablement ! T'a-t-il donné l'impression d'être négligé ou de manquer de quoi que ce soit ? Que cherches-tu à prouver, Bahir ? Qu'est-ce que tu veux vraiment ?

— Je te l'ai dit : mon fils !

Marina se retourna brièvement en se demandant si Caterina et les enfants pouvaient les entendre depuis l'intérieur.

— Ce n'est pas la peine de crier, fit-elle en plissant le front.

Puis elle s'avança sur la terrasse, les bras croisés sur sa poitrine, comme si ce geste pourrait la protéger de Bahir.

— Tu m'as entendu ? demanda-t-il derrière elle d'une voix plus basse, mais tout aussi menaçante. Je veux mon fils.

— Non, c'est de la folie. Tu réagis sous le coup de la colère, c'est tout. Tu te sens floué et tu cherches à prendre ta revanche. Mais tu ne parles pas sérieusement : tu ne peux pas vouloir emmener Bahir !

— Je suis tout à fait sérieux. D'autre part, tu dois bien

avoir songé à cette éventualité, non, quand tu as échafaudé ton petit plan dans l'intention de m'annoncer que j'avais un enfant ? Tu as bien dû penser que je pourrais désirer jouer un rôle dans sa vie, dans son éducation ?

Désarçonnée, Marina cligna les yeux. Pas un seul instant, elle n'avait envisagé ce type de réaction de la part de Bahir.

— Mais tu n'as jamais souhaité avoir d'enfant ! s'exclama-t-elle en se retournant vers lui. Tu refusais même cette possibilité avec une telle véhémence que j'ai eu peur, et que je n'ai pas osé te révéler que j'étais enceinte. Et maintenant, tu me dis que tu veux jouer un rôle dans la vie de Chakir ?

— C'est vrai : je n'ai jamais désiré avoir d'enfants. Mais maintenant que ce petit est là, qu'il est de moi — autant que de toi —, que valent mes désirs ?

— Peut-être, mais tu ne peux pas réclamer ton fils comme une vulgaire marchandise ! Comme un objet que l'on se passerait à tour de rôle et que…

— Pourquoi pas ? l'interrompit-il d'un air supérieur.

— Parce que Chakir n'est pas un objet ! C'est un être humain, un enfant. Et parce que je ne te laisserai pas me prendre mon fils.

A ces mots, Bahir éclata d'un rire bref et dur.

— Ton fils ? Tu as la mémoire courte, princesse. Il n'y a pas si longtemps, tu semblais déterminée à me convaincre que cet enfant était le mien.

— Oui, Chakir est aussi ton fils, mais tu ne serais pas un bon père pour lui.

— Ai-je eu l'opportunité de prouver le contraire ? Je ne connaissais même pas son existence.

— Tu ne voulais pas la connaître ! Tu ne désirais pas avoir d'enfant ! répéta-t-elle.

— Mais à présent, ce petit est là !

— Ce petit a un prénom : il s'appelle Chakir !

— Je n'ai pas vraiment eu le temps de m'y habituer,

riposta-t-il d'un ton sec. Quelles autres décisions as-tu prises concernant notre fils, princesse ? As-tu déjà choisi un établissement scolaire pour lui ? L'y as-tu déjà inscrit ?

— Ne sois pas ridicule…

— Bien sûr, répliqua-t-il, les traits déformés par la colère. C'est ridicule, en effet, d'avoir à poser ces questions, alors que je suis son père et que je devrais être courant de tout ce qui le concerne. Or je n'ai jamais eu mon mot à dire !

— Je suis surprise que cela puisse t'intéresser, après tout ce que tu as affirmé au sujet de ton refus d'avoir des enfants.

— C'est sans doute pour cela que tu as oublié de m'informer de sa naissance !

Cette fois, Marina sentit la colère lui monter à la tête.

— Tu voulais ne jamais me revoir, riposta-t-elle en redressant le menton. Alors, pourquoi aurais-je cherché à te contacter ?

Un éclat sauvage incendia le regard de Bahir.

— C'est tout ce que tu as trouvé comme excuse ? Tu m'as caché l'existence de mon fils pendant trois ans, bon sang !

Les poings serrés, il la contempla un instant en silence avant de poursuivre :

— Et maintenant tu estimes que cela te donne le droit de le garder auprès de toi, et de me proposer une sorte de rôle symbolique, au cas où le petit voudrait un jour faire la connaissance de son père ?

Il se détourna et se dirigea vers la balustrade entourant la terrasse.

Même de dos, il dégageait une aura de majesté, reconnut Marina en le regardant. Bahir était grand, puissant, comme les montagnes entourant la vallée, et tout aussi mystérieux. Cet homme était indomptable, rebelle à toute conquête. Il l'avait toujours été et le demeurerait toujours.

Pourtant, la veille — ou plus exactement, le matin

même — son corps viril s'était mêlé au sien. Et si elle ne l'avait pas quitté…

Marina frissonna. A présent, ces lèvres qui lui avaient prodigué des caresses fabuleuses… Ces mêmes lèvres prononçaient des paroles inacceptables : Bahir voulait emmener Chakir loin d'elle…

— Non, cela ne te donne pas ce droit, reprit-il en se retournant d'un mouvement brusque. Et maintenant, il est temps que je puisse assumer pleinement mon rôle de père. J'emmène mon fils chez lui.

— Chez lui ? répéta Marina avec incrédulité. J'ignorais que tu t'étais fixé quelque part.

Quand elle avait connu Bahir, il était incapable de rester dans le même appartement plus d'une semaine ! Et souvent, il préférait réserver une suite dans un hôtel de luxe, à proximité du casino.

— J'envisage d'aller faire un tour à Jaqbar, la terre de mes ancêtres. Je veux que le petit m'accompagne, afin qu'il connaisse le pays où a grandi son père.

A Jaqbar… Ces paroles laissèrent Marina sans voix.

— Tu veux l'emmener dans le désert ? Tu as perdu l'esprit ! Chakir est trop jeune pour une telle expédition.

— Puisqu'il est mon fils, le désert est sa patrie.

— Non. Son foyer est ici, à la villa où il a grandi. D'autre part, tu serais incapable de t'occuper d'un enfant, même en t'aidant d'un manuel pédagogique ! Alors, en plein milieu du désert… Je ne te laisserai pas l'emmener. Ni à Jaqbar ni ailleurs !

— A t'entendre, on dirait que tu as le choix ! répliqua-t-il avec hauteur. Tu préfères peut-être que nous portions cette affaire devant les tribunaux, princesse ? Imagine la joie des journalistes, quand ils apprendront que nous nous livrons à une petite guerre pour obtenir la garde de notre fils ! Ton père pourra être fier de sa fille aînée !

Marina déglutit avec peine. Elle ne pouvait se permettre de faire la une des journaux à sensation. Les conséquences en seraient trop désastreuses. Pour la première fois depuis son adolescence rebelle, une relation normale se reconstruisait entre elle et le roi. Mais celle-ci restait encore très fragile, car son père avait du mal à admettre qu'elle ait deux enfants illégitimes et Marina n'avait jamais voulu révéler la vérité. Malgré cela, ils réussissaient peu à peu à créer un lien entre eux, auquel elle tenait énormément. Et elle ne le laisserait pas détruire par des ragots infâmes.

— Je n'ai jamais souhaité la guerre ! protesta-t-elle.

— Non, mais reconnais que tu m'as volé les trois premières années de la vie de mon fils. Ses premiers pas, ses premiers mots. Son premier sourire. Fêtes-tu ses anniversaires ? J'espère que tu en as bien profité…

Il lui décocha un regard noir avant d'ajouter :

— … pour nous deux.

En effet, ils avaient fêté chaque anniversaire, et Marina en avait savouré tous les instants, sans jamais penser commettre de crime envers le père absent de Chakir.

— Tu ne voulais pas avoir d'enfant, répéta-t-elle d'une voix à peine audible.

— Tu ne m'as pas laissé le choix !

— J'ai essayé, répliqua-t-elle plus fermement. Aurais-tu oublié ce que tu m'as dit, la dernière fois que nous nous sommes vus ?

— Je me souviens que tu m'as demandé si je voulais avoir des enfants, et aussi d'avoir répondu : non. Je ne me rappelle pas que tu m'aies informé que tu étais déjà enceinte.

Il fallait qu'elle se calme, se dit Marina. Si elle s'emportait, ils n'arriveraient à rien. De toute façon, Bahir n'était pas du genre à céder, ni à perdre la face. Par conséquent, ils devaient à tout prix trouver un compromis.

— Il y a forcément une solution, Bahir. Tu pourrais peut-être venir de temps en temps voir Chakir et l'emmener pour la journée ? Tous les jeudis, il y a un marché à Fivizzano, le village le plus important de la région. Vous pourriez aussi aller à la plage à La Spezia, ce n'est pas loin.

— Il y a aussi un tribunal à Rome, où je pourrais obtenir la garde exclusive de mon fils ! riposta-t-il d'un ton dur. Il suffirait que j'explique au juge que tu es loin d'être une mère idéale pour lui.

Il plaisantait, songea Marina avec effroi. Il n'irait pas jusqu'à de telles extrémités... Les pensées se succédaient dans son esprit à une vitesse vertigineuse, tandis qu'elle ébauchait toutes sortes de scénarios, plus terrifiants les uns que les autres.

Mais pour qui se prenait-il, à la fin ? Comme si lui-même était le père idéal pour Chakir !

— Tu crois vraiment qu'ils t'accorderaient la garde de notre fils, alors que tu passes la plus grande partie de ton temps dans les casinos à jouer à la roulette, et que tu n'as même pas d'adresse fixe ? Franchement, je crois plutôt que le juge te rirait au nez !

D'un geste vif de la main, il repoussa ses arguments, comme s'il chassait un insecte importun.

— Essayons... Nous verrons bien... Après tout, je me demande lequel de nous deux a le plus à perdre...

— Salaud ! souffla Marina entre ses dents.

Il était hors de question qu'elle prenne le risque que la vérité concernant Hana soit découverte. Elle avait promis à Sarah de ne jamais confier son secret à personne.

Mon Dieu, s'ils lui prenaient aussi Hana... Si elle les perdait tous les deux...

Marina sentit les larmes lui brûler les paupières. Comment Bahir pouvait-il lui faire cela ? La haïssait-il au point de vouloir lui prendre son enfant, la chair de sa chair ?

— Tu ne le ferais pas, chuchota-t-elle. Tu en es incapable.

— Tu te trompes, princesse, répliqua-t-il, le regard

brillant d'une lueur sournoise. Et si tu persistes à me priver de mon fils, je ne reculerai devant rien, crois-moi.

— Bahir, tu ne peux pas me prendre Chakir, dit-elle en secouant la tête avec désespoir. Il ne te connaît même pas !

— A qui la faute ? Pas à moi. Il m'accompagnera dans le désert. Je lui apprendrai à monter à cheval et à chasser. Je lui enseignerai les traditions de ses ancêtres bédouins.

— Mais il a à peine trois ans ! s'écria Marina d'une voix étranglée. Il est trop jeune pour entreprendre un tel voyage…

— Je suis né sous une tente, dans le désert ! J'y ai grandi. Comment pourrait-il être trop jeune pour y aller ?

Cette fois, c'en était trop. Déjà épuisée par l'enchaînement des récents événements, Marina sentit ses nerfs craquer. Elle avait passé des mois avec Bahir sans qu'il fasse jamais allusion à ses origines ! Dans l'étourdissement de leur liaison, rien n'avait compté hormis le plaisir qu'ils partageaient. Et maintenant, il prétendait désirer renouer avec ses ancêtres bédouins ?

— Ne me fais pas cela, dit-elle. Tu ne peux pas emmener notre fils loin de moi et disparaître au fin fond du désert avec lui ! Tu n'y connais absolument rien aux enfants, et pour Chakir, tu es un total étranger. Il serait terrifié de partir avec toi. Et ce serait irresponsable de ma part, en tant que mère, de te le confier.

Il resta silencieux, le regard ombrageux, les mâchoires crispées.

— Tu sais bien que cela ne fonctionnerait pas, poursuivit-elle. De toute façon, Chakir refuserait de s'en aller avec toi, et ce serait inhumain de le forcer.

— Très bien, dit-il enfin. Soyez prêts à partir tous les deux demain matin.

— Tous les deux ? fit Marina en écarquillant les yeux de stupeur.

— Evidemment, répondit-il en jetant un coup d'œil

impatient à sa montre. Si le petit ne peut pas voyager seul, tu seras bien obligée de l'accompagner.

Marina sentit tout son corps se raidir d'indignation.

— Non, Bahir. Ce n'est pas ce que je voulais dire.

— Pourtant, c'est la meilleure solution.

— Tu oublies Hana.

— Non, je ne veux pas d'elle, répliqua-t-il avec dédain. Ta fille reste ici.

— Je n'irai nulle part sans Hana, affirma calmement Marina. Je n'abandonnerai aucun de mes enfants.

— Venant de ta part, c'est un peu fort ! persifla-t-il. Toi, la mère exemplaire, qui n'as pas hésité à les laisser pour aller faire la fête au mariage de ta sœur !

— Ils étaient malades. Je ne leur aurais pas imposé un aussi long voyage.

— Chakir était souffrant ? demanda-t-il en fronçant les sourcils.

— Ils avaient tous les deux la varicelle, répliqua-t-elle sèchement. Alors, j'avais décidé de ne pas aller au mariage d'Aisha, mais Caterina a insisté pour que je parte en disant qu'elle pouvait très bien s'occuper d'eux en mon absence. Mais maintenant…

— Mais maintenant ?

Maintenant, Marina regrettait d'avoir écouté Caterina. Si elle était restée à la maison, elle ne serait pas tombée entre les sales pattes de Mustafa, et Zoltan et ses amis n'auraient pas dû venir l'en délivrer. Ensuite, elle n'aurait pas eu besoin d'escorte pour rentrer en Toscane. Et ce cauchemar n'aurait jamais existé…

Marina se força à contrôler sa respiration. Bahir était bien là, et elle devait trouver une solution qui les satisfasse l'un et l'autre. Sans avoir recours à la justice.

Le plus important était de gagner du temps, décida-t-elle. Ensuite, on verrait.

— Rien, dit-elle en soutenant son regard. Rien du tout. Mais écoute-moi bien, Bahir. Chakir, Hana et moi nous formons une famille, et je ne quitterai pas ma fille alors que je viens déjà de m'absenter. Ou bien elle nous accompagne, ou bien personne ne part avec toi. Et si cela ne te plaît pas, tu peux renoncer à envisager d'emmener Chakir où que ce soit.

Elle le regarda en redressa le menton.

— Et tu pourras faire appel à la justice si tu veux, je m'en fiche, bluffa-t-elle. Ne crois pas que je resterai les bras croisés : je me battrai, de toutes mes forces !

Le front plissé, il la contempla en silence d'un air menaçant, mais Marina refusa de se laisser intimider.

— Tu peux aussi aller raconter toutes les histoires sordides que tu voudras à la presse, ça m'est égal. Nous verrons bien qui obtiendra la garde de Chakir, lorsque les autorités apprendront que tu n'as même pas de résidence fixe et que tu passes la majeure partie de ton temps au casino. Il faudrait vraiment ne rien avoir dans la cervelle pour t'accorder la garde exclusive d'un enfant de trois ans !

Après s'être interrompue un bref instant pour reprendre son souffle, elle reprit :

— Alors, intente-moi un procès si tu veux, j'en assumerai les conséquences. Mais n'essaie pas de m'imposer tes conditions en ce qui concerne ma famille, et ne t'attends pas à ce que je te suive les yeux fermés n'importe où !

Finalement, tout le monde quitta la villa, y compris Caterina. Lorsque celle-ci avait proposé de les accompagner, Marina avait aussitôt accepté. Non seulement sa fidèle gouvernante l'aiderait à s'occuper des enfants, mais sa présence formerait un écran entre Bahir et elle. Grâce à la sagesse de Caterina, à son esprit terre à terre, Marina garderait la tête froide, au lieu de se laisser fléchir par sa libido…

Par ailleurs — éventualité qui la faisait frémir encore

davantage — elle ne pouvait s'empêcher de craindre que Bahir ne cherche à s'immiscer dans leur petite famille, de façon permanente. Or Caterina n'était pas stupide. La veille au soir, elles avaient eu une longue conversation à cœur ouvert, et Marina lui avait confié les contradictions qui l'habitaient. Désormais, si jamais elle perdait la tête, Caterina aurait vite fait de lui remettre les idées en place !

Bahir lui jeta un regard sombre avant de placer les derniers bagages dans le coffre.

— Qu'as-tu raconté au petit ? demanda-t-il en se tournant vers elle.

— Je leur ai dit à tous les deux que nous partions en vacances. Que voulais-tu que je dise d'autre ?

— Tu ne lui as pas révélé… qui j'étais ?

— Je crois que ce serait un peu prématuré, non ? Il vaudrait mieux que vous appreniez d'abord à vous connaître.

Comme Caterina se dirigeait vers eux avec les enfants, Marina alla à leur rencontre et aida la gouvernante à les installer à l'arrière du véhicule.

Lorsque Marina lui avait annoncé que la gouvernante les accompagnerait, Bahir avait d'abord été surpris. Mais à présent, il était soulagé de sa présence : Caterina s'occuperait de la fille.

— Où allons-nous ? demanda Chakir dès que Bahir s'installa au volant du puissant 4x4. Comment ça s'appelle, déjà ?

— Jaqbar, répondit Bahir en le regardant dans le rétroviseur.

Pour la première fois, il remarqua les marques encore visibles laissées par la varicelle sur son front, ainsi que sur celui de sa petite sœur. Ainsi, Marina n'avait pas menti… A vrai dire, il s'était posé la question, préférant croire que, en réalité, elle avait décidé d'aller faire la fête à Al-Jirad sans ses enfants.

— C'est loin ? reprit Chakir.

— Nous arriverons à temps pour le dîner, répondit sa mère.

— Oh ! ça va être long, alors…

— N'oublie pas que nous devons d'abord prendre l'avion, répliqua-t-elle.

— J'adore les avions ! s'exclama le petit garçon. Surtout quand on décolle : ça fait comme ça, *brrrrroum…*

Il décrivit un arc avec sa main pour appuyer ses paroles, tandis que, assise à côté de lui, sa sœur retirait son pouce de sa bouche et imitait le geste en pouffant.

Franchement, il se serait bien passé de la fille de Marina, songea Bahir. En revanche, il était hors de question que celle-ci le croie incapable d'assumer son rôle de père vis-à-vis de son fils. Il passait beaucoup de temps devant le tapis vert, certes, mais il n'était pas un banal joueur. En effet, il possédait un don réel, qui lui avait permis, dans le cadre de ses activités professionnelles, d'accumuler des millions.

En quoi ce talent l'empêcherait-il d'être un bon père ? D'avance, Bahir se réjouissait de démontrer qu'il saurait combler le manque dont son fils avait forcément souffert, en grandissant entouré de créatures féminines !

Toutefois, Marina l'avait surpris par la fermeté de son attitude. Il ne s'était pas attendu à ce qu'elle lui résiste, admit-il. Surtout après l'avoir vue accuser le choc alors qu'il lui assénait un par un ses arguments. Peu à peu, elle avait littéralement plié sous le poids de la culpabilité.

Jusqu'au moment où il lui avait annoncé que sa fille ne ferait pas partie du voyage. Marina s'était alors transformée en lionne défendant ses petits.

Pourquoi ? Qu'est-ce que cette enfant avait de spécial ? A moins que ce ne soit son père qui représente quelque chose de très spécial aux yeux de Marina ?

Etait-ce bien à lui qu'appartenait la villa ?

Dire qu'autrefois elle lui avait juré un amour éternel ! se dit Bahir en sentant la rage bouillir en lui.

*
* *

Ils atterrirent à Souza, capitale de Jaqbar, quelques minutes avant 18 heures.

— Nous passerons la nuit ici, annonça Bahir dès qu'ils furent installés dans la voiture venue les attendre. J'ai réservé une villa.

Lorsqu'ils sortirent un peu plus tard du véhicule, Bahir se tourna vers le petit groupe qui contemplait la demeure à l'architecture contemporaine, entourée de hauts palmiers.

— Comme demain, nous voyagerons dans le désert, je vous conseille de profiter de la piscine. Il n'y a pas beaucoup d'eau, là où nous allons.

— Et toi ? demanda Chakir en ignorant le regard sévère de sa mère. Tu ne viens pas te baigner avec nous ?

— Chakir ! le réprimanda Marina. Ne pose pas autant de questions : c'est impoli.

— Laisse-le, dit Bahir en posant un instant la main sur la tête du petit garçon.

La tête de son fils. Soudain, un flash lui revint, enfoui depuis longtemps au fond de sa mémoire. Il revit son père faire le même geste envers lui, sa longue tunique ondulant dans le vent du désert, son visage buriné par le soleil penché vers lui, ses yeux rayonnant d'amour.

Pendant quelques instants, Bahir resta sans voix. Puis il battit des paupières pour chasser la vision, avant de se rendre compte que son propre fils l'observait avec attention.

— Je dois vérifier quelques détails, dit Bahir en souriant. Pour être sûr que tout est prêt pour nous accueillir. Mais après, je trouverai peut-être le temps d'aller vous rejoindre à la piscine.

— C'est vrai qu'on va camper ?

— Oui. Comme je le faisais quand j'étais petit, moi aussi.

Il jeta un regard en biais à Marina, qui les observait en silence, l'air un peu inquiet.

— Il faut que nos vacances soient parfaites, n'est-ce pas ? lança-t-il à la cantonade.

7.

Une heure plus tard, Bahir trouva les enfants en train de jouer dans le petit bain, sous le regard attentif de Marina et Caterina qui, installées sur des chaises longues, bavardaient comme de vieilles amies.

Après avoir observé son fils pendant quelques instants, Bahir reporta son attention sur Marina. Ses cheveux noirs étaient noués en queue-de-cheval dégageant son beau visage ovale, et elle portait un maillot une pièce rouge cerise qui mettait en valeur ses formes ravissantes, ainsi que ses longues jambes à la peau dorée.

La fine couche de Lycra soulignait les charmes que Bahir connaissait par cœur, chaque courbe somptueuse de ses hanches, de ses seins, les plis secrets où palpitait sa chaleur intime et d'où sourdait ce nectar délicieux…

Il sentit le désir déferler en lui avec une telle force qu'il dut serrer les poings pour contenir l'envie de poser les doigts sur ce corps superbe pour en explorer la moindre parcelle.

A cet instant, Marina tourna la tête vers lui et leurs regards se soudèrent. L'attirance vibra entre eux, dense, palpable.

Cette femme l'avait rejeté la veille, se rappela-t-il en recouvrant ses esprits. Elle était partie, le laissant en proie à une frustration indescriptible, sous prétexte qu'il l'avait traitée d'irresponsable.

Alors, pourquoi le contemplait-elle avec une telle

intensité, une telle sensualité au fond de ses yeux aux reflets ambrés ? Parce que c'était sa façon de regarder tous les hommes ?

Bon sang, il fallait vraiment qu'il se calme, songea Bahir en lançant d'un geste rageur sa serviette de bain sur le transat le plus proche. Un plongeon lui ferait le plus grand bien !

Assise à côté de Chakir à l'extrémité du bassin, Marina regarda Bahir fendre l'eau puissamment. A vrai dire, elle n'était pas pressée de le voir sortir de la piscine.

Lorsqu'il avait laissé errer son regard sur son corps, elle avait été parcourue de tels frissons que dès qu'il avait plongé, elle en avait profité pour aller chercher son sarong déposé sur l'herbe en arrivant.

Pendant qu'il enchaînait les longueurs à un rythme effréné, elle pouvait au moins respirer tranquillement. Car lorsqu'une demi-heure plus tôt elle l'avait vu arriver vêtu seulement d'un caleçon moulant noir, elle avait senti une chaleur irrépressible se répandre entre ses cuisses, ravivant les souvenirs des moments brûlants qu'ils avaient partagés la nuit précédente.

Heureusement que, après l'avoir regardée dans les yeux d'un air farouche, puis avoir promené des yeux avides sur son corps, Bahir s'était délesté de sa serviette de bain et avait piqué une tête dans la piscine.

Soudain, au lieu de faire de nouveau demi-tour, il s'arrêta à l'extrémité du bassin avant de poser les mains sur le bord et de tourner la tête vers son fils.

— Tu nages drôlement vite ! s'exclama Chakir, béat d'admiration.

Il contemplait même Bahir avec adoration, constata Marina en sentant son cœur se serrer. Jusqu'à présent, son fils n'avait eu aucun héros à vénérer. Aucun idéal masculin auquel s'identifier, songea-t-elle en se mordillant la lèvre.

A cet instant, Bahir se hissa hors de l'eau à la force de ses bras musclés, avec une telle grâce que Marina détourna les yeux pour ne pas l'admirer, elle aussi.

— Je parie que tu arriverais à me battre, lança-t-il à Chakir en ramassant sa serviette. Ça te dirait de faire la course ?

Le petit visage rayonnant de Chakir se décomposa.

— Je… Je… bredouilla-t-il. Je ne sais pas nager.

— Ah bon ? Comment ça ?

Tout en parlant gentiment au petit garçon, il jeta un regard noir à Marina.

— Chakir a eu une grosse frayeur alors qu'il avait deux ans, dit-elle en prenant la main de son fils. Ensuite, nous avons préféré attendre un peu avant de lui faire redonner des leçons.

Bahir s'agenouilla devant son fils pour se retrouver à sa hauteur.

— C'est vrai, ce que dit ta maman ?

Il se tourna vers la piscine.

— Et si je te donnais une leçon, maintenant ? Je suis sûr qu'il suffirait d'une seule pour que tu me battes !

A la fois excité et terrifié, Chakir regarda Bahir quelques instants avant de répondre :

— Tu veux me donner une leçon, là, tout de suite ?

— Bien sûr ! Mais seulement si tu te sens prêt. Sinon, nous pouvons faire cela une autre fois.

Chakir se tourna vers Marina d'un air inquiet.

— Peut-être dans le petit bain…, proposa-t-elle.

— Mais, maman, répliqua Chakir en bombant le torse. On ne peut pas nager dans le petit bain ! Il n'y a pas assez d'eau…

Emue par son effort, Marina se força à sourire.

— Ne t'inquiète pas, dit Bahir en prenant la main de Chakir. Je ferai bien attention à lui.

Puis il l'entraîna vers l'extrémité la moins profonde du grand bain.

Marina les suivit des yeux avec anxiété. Comme s'il savait s'occuper d'un enfant… Au contraire, Bahir était totalement ignorant en la matière ! Mais quand elle le vit obtenir de Chakir qu'il fasse des battements de pieds, tout en lui tenant les mains, puis lui apprendre à se détendre et à flotter sur le dos pour prendre confiance en lui, elle fut forcée de reconnaître qu'il ne se débrouillait pas si mal.

Et lorsque Bahir parvint à convaincre Chakir de mettre la tête sous l'eau, elle admit qu'en effet il savait s'y prendre…

A la fin de la leçon, son fils réussit même à esquisser quelques brasses tandis que Bahir lui soutenait la taille.

Et quand il hissa Chakir à bout de bras avant de le déposer délicatement au bord du bassin, Marina se sentit submergée par un regain de culpabilité. Bahir avait raison : elle l'avait privé des premières années de la vie de leur fils. Mais une autre émotion se mêlait à la culpabilité, plus fragile mais plus douce, aussi. Marina la laissa s'épanouir dans son cœur sans pouvoir mettre de nom sur cette sensation inconnue.

— Tu m'as vu, maman ? demanda Chakir en courant vers elle, le regard brillant de fierté.

— Oui, mon chéri, répondit Marina en l'enveloppant dans une épaisse serviette.

Ce n'était pas le froid qui le faisait claquer des dents, comprit-elle, mais l'excitation.

— Tu m'as vu ? répéta-t-il ? J'ai nagé !

— Oui, je t'ai vu, dit-elle en le serrant contre elle. Et je suis drôlement fière de toi !

— Bahir me donnera une deuxième leçon demain matin.

— Tu es sûr ? demanda-t-elle en haussant les sourcils. Je ne sais pas si nous aurons le temps.

— Nous le prendrons, intervint Bahir en arrivant à son tour.

Il se retrouva de nouveau devant Marina, dans ce caleçon mouillé noir, toujours aussi moulant, des gouttelettes scintillant sur sa peau hâlée.

— Il n'y a pas de problème, ajouta-t-il.

Le visage en feu, elle essaya de chasser les images troublantes qui défilaient dans son esprit.

— Merci, dit-elle en se levant. C'est gentil de lui avoir donné une leçon.

Chakir s'éloigna en courant, pressé d'aller raconter son exploit à Caterina et à sa sœur.

— Comment as-tu su t'y prendre ? poursuivit-elle. Tu n'avais jamais été en contact avec des enfants…

— Mon père m'a appris à nager. J'ai fait comme lui.

Puis, sans lui laisser le temps de l'interroger davantage, il demanda en plissant le front :

— Que lui est-il arrivé ? Pourquoi a-t-il peur de l'eau ?

— Au moment où il commençait à prendre de l'assurance, un gamin a sauté dans le bassin à côté de lui. Je crois qu'il voulait seulement lui faire peur, mais quand Chakir a voulu se redresser, l'autre lui a sauté sur le dos et lui a maintenu la tête sous l'eau. Il aurait pu se noyer.

Marina trembla malgré elle au souvenir de l'instant où le maître nageur avait sorti le corps inanimé de Chakir du bassin, avant d'effectuer des compressions thoraciques, jusqu'à ce que l'enfant se mette à tousser, puis à recracher toute l'eau ingurgitée.

— Et je n'aurais jamais connu mon fils, répliqua Bahir d'un air lugubre.

Un mauvais point supplémentaire à son actif, songea Marina en soutenant son regard. Mais il y en avait déjà tant qu'elle n'était plus à un près, n'est-ce pas ?

— Non, admit-elle. Maintenant, si tu veux bien m'excuser, je dois aller aider Caterina à s'occuper des enfants.

Bahir la regarda s'éloigner en regardant sa longue queue-de-cheval danser sur son dos à chaque pas, et ses hanches, terriblement sexy, qui ondulaient sous le sarong dans lequel elle s'était pudiquement enveloppée. L'effet obtenu était l'inverse : en effet, le tissu ne servait qu'à le faire fantasmer sur le corps nu dissimulé dessous…

Il la désirait avec une intensité stupéfiante, qui frôlait le désespoir, reconnut-il en se maudissant pour ce manque total de maîtrise. En outre, le fait qu'elle se soit refusée à lui la nuit dernière lui était intolérable.

Mais si Marina croyait avoir le dernier mot, elle se trompait. Car Bahir n'avait jamais été homme à subir les caprices ou les états d'âme d'une femme, fût-elle la plus désirable au monde.

Ils partirent tôt comme prévu, mais Bahir respecta sa promesse et donna sa deuxième leçon de natation à son fils. Ensuite, lorsque tout le monde fut de nouveau installé dans le 4x4, celui-ci se vanta de pouvoir bientôt le battre à la nage.

Mais bientôt, le silence se fit à l'arrière : les deux enfants s'étaient endormis, appuyés l'un contre l'autre, et Caterina somnolait en laissant échapper de temps en temps un léger ronflement…

— Je suis très admirative, dit Marina tandis que le véhicule traversait une large vallée, entourée de hautes montagnes rouges.

— De quoi ? demanda Bahir.

— Tu as réussi un véritable prodige : Chakir nourrit déjà l'ambition d'être plus rapide que toi !

Bahir haussa une épaule, ses mains brunies par le soleil posées nonchalamment sur le volant, le regard concentré droit devant lui.

— C'est bon d'avoir de l'ambition.

— Je ne dis pas le contraire. Mais j'avoue que je suis surprise de te voir t'y prendre avec autant de naturel.

— A son âge, tout paraît possible, accessible, y compris les étoiles. Je me souviens d'avoir été comme lui, autrefois.

— Seulement autrefois ? demanda Marina, piquée par la curiosité. Tu ne ressens plus la même chose ?

— Disons que j'ai appris à mes dépens que la vie n'exauçait pas tous nos souhaits, même si on les désirait de toutes ses forces.

— Que veux-tu dire, au juste ?

L'ombre d'un sourire se dessina sur sa bouche sensuelle.

— Ce n'est pas toi qui disais tout à l'heure à notre fils qu'il était impoli de poser trop de questions ?

— Excuse-moi…

Elle resta silencieuse, non à cause de ce léger reproche, mais parce que Bahir n'avait pas dit le petit, ni mon fils, mais notre fils.

Et à sa grande surprise, Marina avait aimé entendre ces deux mots franchir les lèvres de Bahir. Elle avait même senti un brin d'espoir naître au fond de son cœur. Après tout, ils parviendraient peut-être à trouver une solution, un compromis, ensemble. Sans avoir besoin de recourir à la justice.

— Chakir s'est pris d'affection pour toi, dit-elle. Surtout depuis que tu lui as donné des leçons de natation ! Je crois que tu as fait sa conquête.

— Moi aussi je l'aime bien.

Quand il tourna brièvement la tête vers elle et la regarda dans les yeux, elle vit une lueur proche du respect dans les siens.

— Félicitations : tu as fait du bon travail, poursuivit-il. C'est un petit garçon très agréable et attachant.

Un brin d'espoir se développa un peu dans sa poitrine. Toutefois, ce changement d'attitude ne durerait pas, songea Marina. Tôt ou tard, Bahir lui décocherait une réplique cinglante qui raviverait sa culpabilité. Mais pour l'instant, c'était reposant de ne pas être en guerre contre lui.

A l'heure du déjeuner, ils s'arrêtèrent dans une minuscule oasis se réduisant à un puits et à quelques palmiers, dont l'ombre couvrait une hutte en terre sèche, toute délabrée.

— Il fait très chaud, dehors, dit Chakir en sortant du 4x4.

Sur ces mots, il se lança à la poursuite de sa sœur qui trottinait vers le puits, puis tourna autour en courant jusqu'à ce que le déjeuner soit prêt, comme si la chaleur lui était totalement indifférente.

— Est-ce que quelqu'un vivait ici, autrefois ? demanda le petit garçon en se laissant tomber sur le tapis étalé pour le pique-nique.

Il désigna la hutte.

— Dans cette cabane ?

— Non, répondit Bahir. Du moins, pas tout le temps. C'est un abri destiné aux bergers, ou aux voyageurs de passage. Ils y sont protégés du vent et du froid quand ils s'arrêtent là pour la nuit, avec leur troupeau de moutons ou de chèvres. Ou même parfois la journée, quand il y a une tempête de sable.

Chakir ouvrit de grands yeux.

— Tu as déjà vu une tempête de sable ?

— Oui, quand j'étais petit. Il y avait tant de sable qu'on ne pouvait plus apercevoir le soleil, et il faisait si sombre que je ne voyais même pas ma main.

— Tu étais venu en vacances, toi aussi ?

— Non, j'ai grandi dans le désert, pas très loin d'ici.

L'air de plus en plus surpris, Chakir regarda autour de lui.

— On peut vivre ici, dans le désert ?

Bahir sourit.

— Quand nous arriverons au campement, je te montrerai comment on fait.

— Tu me montreras aussi ? demanda Hana.

La petite fille contemplait Bahir d'un air fasciné. Elle craignait de rater quelque chose, comprit Marina en l'observant.

Mais quand elle releva les yeux vers Bahir, elle vit que son visage s'était fermé.

— J'aimerais bien participer aussi, lança-t-elle en souriant à Hana.

Cette fois, Bahir fut forcé d'acquiescer.

— Oui, bien sûr.

Un peu plus tard, Marina ne put s'empêcher de l'interroger.

— Pourquoi réponds-tu à Chakir en détail alors que tu te contentes de grommeler lorsque Hana te demande quelque chose ?

— Je grommelle ?

— Tu sais très bien ce que je veux dire ! Tu es venu ici pour Chakir, d'accord, mais ce n'est pas la peine de faire comme si Hana n'existait pas.

— Je ne comprends pas de quoi tu parles, répliqua-t-il d'un air buté.

— Tu mens.

— Je t'avais dit de ne pas emmener la fille.

— Et moi, je t'ai dit que c'était tout le monde ou personne.

— Dans ce cas, tu as obtenu ce que tu voulais, non ? Elle est avec nous, que je sache.

— Alors, ne te comporte pas comme si elle ne l'était pas. Hana est la sœur de Chakir, que cela te plaise ou non.

— Cela me déplaît, en effet.

Sur ces mots, il grimpa dans le 4x4 avant de claquer la portière derrière lui.

Marina fulminait sur place. Elle le haïssait tant à cet instant que si elle avait pu, elle l'aurait giflé.

Hormis son fils, Bahir se fichait de tout, et de tout le monde ! Soudain, elle regretta presque d'être venue dans ce fichu désert. C'était tellement injuste de traiter Hana de cette façon ! La pauvre, elle avait déjà assez souffert dans sa jeune vie. Elle aussi méritait d'être heureuse !

Se détournant du 4x4, elle l'aperçut qui poursuivait son frère en riant. Après les avoir rejoints, Marina souleva Hana dans ses bras et la fit tourner tandis que la petite fille poussait des cris de joie.

— Je t'aime, Hana chérie, dit-elle. Tu ne l'oublieras jamais, promis ?

Hana se tut et prit le visage de Marina à deux mains avant de lui planter un gros baiser sur la joue. Ensuite, elle recula la tête et regarda Marina de ses grands yeux noirs.

— Moi aussi, je t'aime, maman, dit-elle d'un ton solennel.

Puis elle se mit à gigoter, jusqu'à ce que Marina la repose sur le sol.

Très touchant, comme tableau, songea Bahir, qui ne pouvait s'empêcher d'observer la scène dans le rétroviseur. Et même très convaincant… Marina jouait la comédie à merveille — dans le but de l'impressionner, évidemment !

Que pouvait-elle savoir de l'amour, de l'affection ? Cette femme était une créature fantasque, aussi imprévisible que le vent du désert, changeant d'homme sans raison, au seul gré de ses envies.

Marina ignorait tout de l'amour. Comme l'existence de sa fille suffisait d'ailleurs à le prouver.

Lorsque le 4x4 arriva au sommet d'une dune, un troupeau de bouquetins détala à toute allure avant de se disperser, au grand ravissement de Chakir et d'Hana qui se mirent à pousser des hurlements excités.

Mais quand ils aperçurent le campement installé en

contrebas, avec ses grandes tentes dressées en cercle l'une à côté de l'autre, ils restèrent bouche bée.

— Waouh ! s'exclama enfin Chakir d'une voix émerveillée. C'est ici que tu venais camper, quand tu étais petit, Bahir ?

— Nous bougions tout le temps, mais nous avons campé pas très loin, je m'en souviens.

Toutefois, il n'avait pas l'intention de retourner dans cet endroit peuplé de fantômes.

— Ta famille vit encore là-bas ? demanda Marina d'une voix crispée.

Quand il se tourna vers elle, Bahir vit qu'elle serrait son collier de corail entre ses doigts. Redoutait-elle que sa famille remarque la ressemblance entre Chakir et lui, et révèle la vérité à son fils sans qu'elle ne l'ait décidé elle-même ? Ou craignait-elle qu'ils lui prennent Chakir pour le garder dans le désert ?

De toute façon, peu importait la cause de son apparente inquiétude. Les seules personnes vivant sur place étaient les Bédouins qu'avaient fait venir son vieil ami Ahab pour l'aider à organiser le campement. Ils appartenaient tous à la tribu de celui-ci, la seule ayant réussi à rester dans le désert et à garder le style de vie de leurs ancêtres.

Le style de vie auquel lui-même avait tourné le dos, songea Bahir en contemplant les vastes tentes de toile claire.

— Non, ils… ils ne sont plus là, dit-il.

Aussitôt, Marina parut se détendre et appuya sa nuque au repose-tête en fermant les yeux, offrant son beau profil à Bahir qui en profita pour contempler son front lisse légèrement bombé, le dessin parfait de ses lèvres pulpeuses…

Elle était si belle que parfois le simple fait de la regarder le faisait souffrir.

Au fur et à mesure qu'ils approchèrent du campement, celui-ci se mit à s'activer. Des silhouettes en longues tuniques blanches traversèrent l'espace à pas mesurés, se dirigeant vers l'endroit où Bahir arrêta bientôt le 4x4. Chez les Bédouins, on ne s'agitait jamais pour rien.

Un vieil homme ouvrait la marche, et Bahir reconnut bientôt avec surprise Ahab. Au lieu du Bédouin fier et droit comme un i d'autrefois, il découvrait un vieillard voûté à la silhouette frêle, fragile. Au fur et à mesure qu'Ahab se rapprochait, il vit les rides profondes marquant son visage tanné par le soleil du désert. Quant à ses cheveux, ils étaient aussi blancs que sa tunique immaculée.

Depuis combien de temps n'était-il pas venu là ? se demanda de nouveau Bahir. Il y avait des années qu'il avait quitté le sol natal, avant de se créer une nouvelle vie loin du pays de ses ancêtres et de ses racines.

— Bonjour, Ahab ! lança-t-il d'une voix émue en sautant à terre.

Aussitôt les mille senteurs du désert l'assaillirent, auxquelles se mêlait un fumet de viande grillée. De si nombreux souvenirs jaillissaient dans sa tête que Bahir resta un moment immobile avant de serrer son vieil ami contre lui.

— C'est si bon de te revoir, Ahab, dit-il d'une voix rauque.

— Tu es venu, Bahir ! dit le vieil homme, les yeux brillants. Tu es enfin revenu chez toi !

Bahir sentit quelque chose basculer dans sa poitrine. La sensation était inconfortable, dérangeante. Et au lieu de disparaître, elle semblait s'installer en lui.

S'efforçant de l'ignorer, Bahir se tourna vers Marina et Caterina qui aidaient les enfants à descendre du véhicule. Ahab les regardait en souriant, deux grosses larmes roulant sur ses joues ridées.

— Bienvenue, dit-il après que Bahir lui eut présenté tout le monde.

Lorsqu'il vit Ahab arrêter son regard sur Chakir un

peu plus longtemps que sur les autres, il comprit que son vieil ami avait perçu la ressemblance.

— Nous avons préparé un repas de fête en votre honneur, dit-il. Mais avant de manger, je vais vous conduire à vos tentes. Ensuite, nous nous installerons pour boire le thé.

Quand Chakir et Hana découvrirent l'intérieur de la tente qui leur était destinée, ils poussèrent des cris de joie. Les lits bas leur plurent beaucoup, avec leur ribambelle de coussins aux couleurs vives. Et quand ils aperçurent le campement miniature disposé sur l'un des tapis recouvrant le sol, ils restèrent immobiles, fascinés. Tout y était, remarqua Marina, fascinée elle aussi : palmiers, tentes, chameaux, chèvres, Bédouins…

Et un peu plus tard, lorsque Ahab la conduisit vers sa tente, elle aurait très bien pu pousser elle-même des cris de joie, à l'instar des enfants ! C'était un décor digne des *Mille et Une Nuits*, constata-t-elle en contemplant les riches tentures de soie brodée, les tapis tissés à la main aux motifs raffinés, les lampes de bronze posées sur des guéridons de cuivre finement ouvragé…

Quant au lit, il était superbe, couvert d'un jeté aux teintes somptueuses et entouré de voiles aux coloris pastel.

Marina ne put s'empêcher de s'imaginer se réveillant dans un tel lit, après une nuit d'amour dans les bras d'un amant fougueux…

Cette couche était faite pour de tels ébats, pas pour une nuit passée en solitaire.

A cet instant, les deux enfants entrèrent en courant, impatients d'explorer l'espace où allait s'installer leur mère.

Dès que Chakir aperçut le lit, il s'élança et se glissa dans l'interstice séparant deux voiles avant de sauter sur le lit, suivi par Hana.

Marina éclata de rire et se pencha pour la soulever dans ses bras, puis elle s'installa sur le lit à côté de

Chakir. Ensuite, elle se mit à les chatouiller jusqu'à ce qu'ils pleurent de rire, et la supplient d'arrêter.

Elle passa alors un bras sous la taille de chacun d'eux, et ils restèrent étendus sur le grand lit en haletant tous les trois.

Après cette petite pause, ils visitèrent le reste du campement, et Hana et Chakir passèrent gaiement d'une tente à l'autre, bientôt entourés d'enfants de tous âges qui les acceptèrent sans hésiter dans leur petite bande.

Mais ce furent les animaux qui les enchantèrent le plus : les chameaux et les chevaux, que les hommes de la tribu utilisaient dorénavant davantage pour de longues chevauchées sportives que comme moyen de transport. Quant au troupeau de chèvres sauvages au pelage noir et à leurs tout jeunes chevreaux, ils arrachèrent des cris émerveillés à Chakir et Hana.

Il fallut presque les entraîner de force pour aller rejoindre Ahab qui les attendait pour la cérémonie du thé…

Une fois qu'ils furent tous assis en tailleur et en cercle sur un grand tapis coloré, le vieil homme tendit à chacun une tasse contenant un breuvage parfumé en signe d'amitié et de bienvenue. Puis il offrit aux enfants un présent : un pendentif représentant un œil stylisé suspendu à une fine cordelette qu'il leur passa solennellement autour du cou.

— Qu'est-ce que c'est ? chuchota Marina à l'adresse de Bahir, assis à côté d'elle.

— Un porte-bonheur, répondit-il, la gorge nouée.

Il contemplait le pendentif de son fils avec incrédulité, réplique identique de celui qu'avait porté son jeune frère au moment de sa mort. Hélas, rien ne pouvait sauver la vie d'un enfant si le destin en avait décidé autrement, songea-t-il sombrement.

Mais Chakir et Hana acceptèrent le présent d'Ahab avec la même solennité que celle avec laquelle il leur avait offert, puis allèrent rejoindre la joyeuse petite troupe qui les attendait à distance respectueuse.

Plus tard, quand l'heure de dîner fut venue, tout le monde alla s'installer sur des coussins disposés eux aussi en cercle, autour d'un feu de camp, à proximité d'un groupe de trois musiciens jouant d'instruments à cordes et à percussions.

Une succession de plats plus succulents les uns que les autres leur fut alors proposée, comprenant des assortiments de viandes marinées aux épices et grillées, accompagnées de légumes rôtis, le tout suivi de pâtisseries parfumées à la rose.

Enfin, un café exquis fut servi, agrémenté lui aussi d'un mélange d'épices à l'arôme délicieux.

Regardant à la dérobée Bahir s'entretenir avec Ahab, Marina ne put s'empêcher de se demander pourquoi il n'avait pas invité sa famille à partager ce festin fabuleux.

Par ailleurs, pourquoi ne lui avait-il jamais parlé de son passé ?

Semblant surgir de nulle part, Hana s'affala brutalement sur les genoux de Marina, hors d'haleine. Elle avait du mal à garder les yeux ouverts, remarqua Marina en lui caressant les cheveux.

— Tu es fatiguée, mon cœur ? Tu veux aller au lit ?

— Non ! protesta Hana en se frottant l'œil de son petit poing. Je ne suis pas fatiguée !

Trente secondes plus tard, elle dormait, blottie contre Marina. Si seulement Sarah avait pu être là, avec eux, songea-t-elle en se penchant pour déposer un baiser sur le front de la jeune endormie. Une larme roula sur sa joue, avant de tomber sur celle d'Hana. Mais celle-ci ne tressaillit même pas.

Comment pouvait-il la trouver sexy, alors qu'elle berçait contre elle une enfant qui n'était même pas de lui ? se demanda Bahir en écoutant d'une oreille les propos d'Ahab. Décidément, quoi qu'elle fasse, cette femme avait le pouvoir d'embraser sa libido…

Il hocha la tête pour approuver ce que venait de dire son vieil ami, tout en regardant Marina se relever d'un mouvement souple et gracieux. Pourtant, ce ne devait pas être facile, avec l'enfant endormie dans ses bras… Caterina se leva elle aussi, avant de s'avancer en tenant par la main un Chakir qui vacillait sur ses jambes.

— Vous ne partez pas déjà ? demanda Ahab en se levant à son tour.

— Les enfants sont fatigués, répondit Marina. La journée a été longue pour eux !

— Je resterai auprès d'eux, dit Caterina. Comme cela, vous pourrez revenir.

Bahir s'était levé lui aussi. Marina était mince, et même si sa fille n'était pas bien grosse, elle devait néanmoins être assez lourde à porter.

— Je peux t'aider ?

A ces mots, Marina serra farouchement la petite contre elle, comme si elle craignait qu'il ne la lui prenne.

— Non, merci. Nous avons l'habitude, Caterina et moi.

— Aurons-nous le plaisir de vous revoir ce soir ? demanda Ahab en s'inclinant avec respect devant elle.

Mais ce fut Bahir qu'elle regarda en répondant :

— Peut-être.

— La princesse Marina est une bonne mère, dit Ahab une fois que le petit groupe se fut éloigné. Il n'y a qu'à regarder ses enfants pour en être certain.

Bahir avait beau ne pas apprécier la présence de sa fille, et bouillir de rage à la pensée que Marina l'ait conçue avec l'un de ses amants, il ne put qu'approuver les paroles de son ami.

— Es-tu passé les voir ? demanda Ahab après s'être penché au-dessus du feu pour l'attiser.

A cet instant, le joueur d'oud entama un air nostalgique dont les notes montèrent dans l'air chaud et parfumé.

La question du vieil homme prit Bahir au dépourvu. Il avait très bien compris à qui il faisait allusion, mais il était en train de penser à Marina, pas à eux.

— A quoi bon ? répondit-il en haussant les épaules d'un air faussement indifférent.

Ahab posa sur lui son regard plein de sagesse.

— Tu devrais y aller. Ils t'attendent depuis si longtemps.

Cette fois, Bahir resta silencieux. Au plus profond de lui-même, il savait que son ami avait raison, que renouer avec sa terre natale ne suffisait pas. Mais plus il s'en était approché, moins il s'était senti à l'aise. Après tout, qu'avait-il à leur dire ? Qu'il avait gâché de nombreuses années à jouer à la roulette, écumant tous les casinos de la planète ?

Non, c'était impossible. Il ne pouvait leur avouer cela. Aussi se contenta-t-il d'incliner légèrement la tête, avant de poser la main sur l'épaule décharnée d'Ahab en espérant qu'il comprendrait.

Au même instant, Marina réapparut dans un bruissement de soie tandis que les effluves de son parfum fleuri venaient s'ajouter aux senteurs du désert.

Bahir ferma un instant les yeux pour mieux savourer les notes de frangipanier si familières. Elle était revenue… Et il était soulagé, non seulement parce qu'il avait craint qu'elle reste auprès des enfants, mais aussi parce qu'en sa présence, Ahab ne lui poserait plus de questions embarrassantes.

Toutefois, il affronterait ses démons, songea-t-il en écoutant son vieil ami interroger Marina à propos des enfants.

Il irait là-bas. Il leur devait au moins cela.

Mais il attendrait d'être prêt.

*
* *

Les musiciens étaient partis, à présent, et Ahab et les autres Bédouins s'étaient retirés dans leurs tentes respectives. Quant au feu, il n'était plus qu'un amas de cendres où rougeoyaient encore quelques braises.

Marina aurait dû aller se coucher elle aussi, mais la lune était si belle ! On aurait dit une énorme perle d'or suspendue dans le ciel de velours violet qui diffusait son halo couleur de miel sur le désert. Une sorte d'attente vibrait dans l'atmosphère, que Marina ne parvenait pas à identifier.

En tout cas, Bahir devait partager ce qu'elle ressentait car lui non plus ne semblait pas disposé à s'en aller. Du temps de leur histoire passionnée, ils passaient leur temps dans des casinos, des clubs, ils faisaient l'amour dans des chambres, des salles de bains, dans des appartements luxueux et des palaces du monde entier. Mais ils n'avaient jamais savouré ensemble le plaisir simple de regarder les restes d'un feu de camp frémir au clair de lune.

Bahir était si beau ! se dit-elle en l'observant à la dérobée. Dans cette lumière, les contours acérés de son visage paraissaient plus doux.

Une vague de regret envahit Marina. Elle aurait tant aimé rester ainsi à côté de lui, sentant sa chaleur virile se propager en elle en dépit des quelques centimètres qui séparaient leurs corps.

Mais leur histoire était terminée. Depuis longtemps. Ils avaient vécu des moments fabuleux, se croyant au-dessus des mortels, partageant des étreintes sublimes et atteignant des sommets dignes des dieux…

Avant qu'elle ne revienne brutalement sur terre…

Marina ferma les yeux pour refouler les souvenirs qui affluaient à son esprit. Ce temps-là était révolu. Pour toujours. Et même si le destin les avait réunis, leurs chemins se sépareraient de nouveau.

Mais avant cela, ils devaient trouver un moyen de régler le différend qui les opposait.

Car à présent, un enfant était en jeu. Chakir, qui avait chamboulé sa vie de fond en comble, et grâce à qui Marina avait compris que la vie ne consistait pas seulement à faire la fête sans souci du lendemain, en rejetant toute responsabilité.

Quand elle était devenue mère, elle n'avait pas eu le choix : elle avait été forcée de grandir.

Bahir tourna la tête vers Marina et contempla son visage baigné par la lumière de la lune, ses yeux fermés, sa bouche légèrement entrouverte.

Une expression inconnue se dégageait de ses traits fins. Marina possédait une force intérieure qu'il n'avait jamais soupçonnée autrefois. Un instinct maternel farouche dont il ne l'aurait jamais crue capable.

Et soudain, il se demanda s'il avait jamais vu la femme qu'elle était vraiment.

Celle qui était devenue la mère de son fils.

Aussitôt, la question qui le hantait sans cesse depuis son arrivée en Toscane, dans cette villa perdue au fond de nulle part, revint le harceler : pourquoi Marina s'était-elle jetée dans les bras d'un nouvel amant aussi rapidement après leur séparation ? Comment avait-elle pu oublier ce qu'ils avaient partagé ? Avait-elle agi ainsi par dépit ? Ou parce qu'elle avait menti en lui disant qu'elle l'aimait ?

Le souffle bloqué dans sa poitrine, Bahir regarda ses longs cils noirs caresser ses joues, ses lèvres qui, à elles seules, avaient eu le pouvoir de le conduire au paradis…

Pourquoi l'avait-il laissée sortir de sa vie ?

A cet instant, elle souleva les paupières, laissant juste le temps à Bahir de détourner son regard.

— C'est beau, murmura-t-elle.

Elle se tut avant d'ajouter :

— La lune…

— Oui, approuva-t-il en se tournant de nouveau vers elle.

Quant à lui, il n'avait aucun doute : la beauté de ce moment magique résidait en Marina et en elle seule.

Quelque part au loin, un hibou hulula, des braises craquèrent, envoyant voltiger quelques étincelles rouges dans l'air.

Il fallait qu'il l'embrasse, songea Bahir. Maintenant. Il ne pouvait pas faire autrement.

Marina vit le beau visage de Bahir se rapprocher du sien, jusqu'à ce que son souffle lui caresse les lèvres. Il allait l'embrasser, et elle avait mille bonnes raisons de l'en empêcher.

Mais sa bouche frémissait déjà, ses sens se réjouissaient, annihilant toute logique, toute velléité de résistance, si bien que Marina n'essaya même pas de se raccrocher à une seule de ces bonnes raisons.

8.

Les lèvres de Bahir avaient un goût de café, de désir, mêlé à celui de son essence virile.

— Non… Il ne faut pas, protesta faiblement Marina.

Mais lorsqu'il prit possession de sa bouche et que sa langue s'enroula aussitôt à la sienne, elle oublia toute réserve, toute prudence et s'abandonna au courant de lave tiède qui déferlait en elle.

Le temps sembla s'arrêter tandis qu'elle se répétait qu'elle devait mettre un terme à cette folie, se rappelant la nuit où elle s'était offerte à Bahir. Après s'être laissée emporter par la jouissance, elle avait recouvré ses esprits et l'avait quitté, se souvint-elle, car Bahir lui avait dit sans ménagement ce qu'il pensait d'elle.

Les braises craquaient, un chameau ronflait doucement quelque part, et Marina ne pouvait se résoudre à interrompre le baiser fabuleux qu'ils échangeaient avec ivresse.

— Viens dans ma tente, murmura-t-il en écartant sa bouche de la sienne.

Ses mains la tenaient prisonnière, fortes, délicieusement chaudes tandis que du bout de la langue, il suivait le contour de ses lèvres.

— Non, chuchota-t-elle en détournant son visage. Non, je ne peux pas.

Elle aurait dû le repousser dès le départ, se reprocha Marina. Un gémissement lui échappa au moment où

Bahir l'embrassait dans le cou. Si elle cédait au désir qui les consumait tous les deux, le retour à la réalité serait encore plus brutal et plus douloureux qu'autrefois.

Mais Bahir ne la lâcha pas. Au contraire, il referma la main sur son sein avant d'en caresser la pointe dressée.

— Allons jusqu'au bout, Marina, dit-il d'une voix rauque. Cette fois, terminons ce que nous avons commencé.

Ses doigts caressaient son sein, sa bouche brûlante provoquait des sensations incroyables dans tout son corps. Bahir avançait toujours des arguments si logiques en apparence qu'elle y succombait à chaque fois, ou presque.

Or ce n'était pas de la logique que Marina attendait de Bahir. Elle ne désirait qu'une chose : son amour. Et c'était ce manque total de réciprocité qui avait tué leur relation.

Elle inspira profondément en rassemblant toute sa volonté, puis prit le visage de Bahir entre ses mains. Son expression était si tourmentée qu'elle ne put retenir la larme qui roula bientôt sur sa joue.

— Bahir, murmura-t-elle en secouant la tête. C'est fini. Il n'y a plus rien entre nous. Alors, arrêtons cette folie.

A ces mots, il haussa les sourcils avec incrédulité, comme si ces paroles n'avaient aucun sens pour lui.

— Tu sais bien que ce que nous faisons est absurde, insista Marina avec un sourire triste.

Une lueur irritée passa dans le regard sombre de Bahir. Puis il s'écarta d'elle et se leva avant de se passer la main dans les cheveux.

— Que veux-tu, Marina ? demanda-t-il d'une voix sourde.

Après s'être levée à son tour, Marina lissa sa tunique d'une main tremblante.

— Je veux que Chakir connaisse son père. Et si c'est possible, qu'il établisse une bonne relation avec lui.

Ainsi, elle pensait à Chakir ? De son côté, Bahir était bien loin de songer à son fils…

— Et nous ? Que fais-tu de nous ?

Elle le regarda en battant des cils.

— J'aimerais que nous devenions amis. Si nous en sommes capables.

Amis ! rugit-il en son for intérieur. Comment pouvait-elle parler d'amitié alors qu'un feu dévastateur brillait dans ses grands yeux ? Que le désir courait dans ses propres veines, exigeant, impérieux, réclamant l'assouvissement ?

Bahir leva la tête vers la lune en serrant les poings. Il avait envie de hurler sa colère, sa frustration, et son désaccord. Mais il se contenta de pousser un long soupir qui se dissipa dans l'air embaumé du désert.

— Il est tard, dit-il en s'efforçant de prendre un ton neutre. Je t'accompagne jusqu'à ta tente.

Le sommeil de Bahir fut haché, peuplé de rêves épuisants dans lesquels il se lançait dans de vaines poursuites, cherchant à atteindre une chose invisible qui se déplaçait sans cesse et restait toujours hors de sa portée.

Et lorsqu'il se mit la tête sous l'eau froide, le lendemain matin, il se dit que cette situation ne pouvait plus durer.

Deux fois, Marina l'avait excité de façon quasi perverse, avant de le planter là, le corps en feu, sans lui laisser la possibilité d'apaiser le désir qui le dévorait.

Depuis quand se privait-elle de sexe, elle autrefois si avide de plaisir ? Elle qui ne lui avait jamais dit non durant tous ces mois qu'ils avaient passés ensemble ? Elle qui était souvent la première à le provoquer, avant de l'entraîner jusqu'à des sommets d'extase insoupçonnés ?

Comment pouvait-elle penser qu'ils pourraient passer du désir brûlant à l'amitié ?

A quoi jouait-elle, bon sang ?

— Tout est prêt pour le départ, Bahir, dit la voix d'Ahab derrière lui. Nous n'attendons plus que toi.

Bahir se retourna vers l'entrée de la tente et le remercia.

Peut-être cette journée d'excursion l'aiderait-elle à se détendre un peu…

Tout en s'essuyant le visage, il contempla son reflet dans le miroir et vit ses traits tirés, ainsi que les cernes sombres soulignant ses yeux. Il avait vraiment besoin de détente !

Lorsque quelques instants plus tard, Bahir arriva près du 4x4, il vit Marina assise à l'arrière avec les enfants et Caterina à l'avant, sur le siège du passager.

Très intéressant, songea-t-il en s'installant au volant. Alors comme ça, Marina avait décidé de se tenir à distance ? Apparemment, passer du chaud au froid n'était pas simple pour elle non plus…

Le convoi se mit en route et gagna bientôt la piste qui traversait le désert de Jaqbar. Six véhicules transportaient la moitié de la tribu, dans une atmosphère joyeuse et enthousiaste à la perspective de cette petite expédition dans les montagnes.

Si Marina souhaitait garder ses distances, après tout, il aurait été stupide de l'en empêcher, se dit-il en écoutant son fils babiller à l'arrière. Plus tard, Bahir réussit même à répondre à la question que lui posait sa petite sœur, avant de remarquer en jetant un bref coup d'œil dans son rétroviseur que Marina semblait satisfaite qu'il n'eût pas ignoré sa fille.

Très bien, il pouvait jouer le jeu de l'amitié. Ensuite, il lui démontrerait qu'il était plus facile de faire le chemin inverse, et de passer du rôle d'ami à celui d'amant…

Le convoi se dirigeait à travers l'immensité des dunes blanches vers les montagnes bleues qui se dressaient devant eux dans toute leur majesté. Ils longèrent un lac salé au-dessus duquel s'éleva un vol de cigognes, en une nuée noire et blanche qui voila un instant le soleil matinal. Ensuite, ils aperçurent un renard des sables qui dressa ses oreilles pointues en les observant à distance d'un air méfiant, immobile au sommet d'une dune. Et, quand le premier 4x4 s'approcha trop près, il se détourna et s'éloigna en silence.

Bahir était ravi que son fils découvre tout cela avec émerveillement et, peu à peu, il fut gagné malgré lui par son excitation. Il se sentait presque redevenir enfant lui aussi...

Alors qu'à l'âge de Chakir...

De toutes ses forces, il repoussa ses souvenirs atroces. Il était trop tard pour se promettre de ne jamais avoir d'enfant, mais il ne souhaiterait pas à quiconque de vivre ce que lui-même avait vécu autrefois. Et encore moins à son propre fils.

Marina observait Bahir et voyait son regard dans le rétroviseur. Il répondait à toutes les questions que lui posait Chakir, sans jamais perdre patience, même lorsque le petit garçon réclamait d'interminables explications. Une fois, Bahir s'adressa même à Hana, et Marina le félicita intérieurement d'avoir fait cet effort.

En tout cas, pour un homme qui affirmait ne pas désirer d'enfants, il ne se débrouillait pas si mal, se répéta-t-elle en réprimant un sourire.

Quant à sa propre attitude, la veille au soir, Marina ne cessait de s'adresser des reproches. Elle n'aurait jamais dû se laisser embrasser. S'abandonner ainsi était non seulement absurde, mais dangereux.

Et elle avait eu raison de ne pas céder au désir qui la consumait.

Avec le temps, Bahir et elle parviendraient peut-être à devenir amis, comme elle l'avait proposé.

Une fois arrivés au bout de la piste, tout le monde descendit de voiture et les enfants se mirent à pousser des cris d'excitation, mêlée cependant d'un soupçon de crainte, remarqua Marina en observant Chakir et Hana.

Après les avoir pris par la main, elle suivit Bahir qui s'avançait sur le passage prolongeant la piste.

Au fur et à mesure qu'ils s'enfonçaient dans la montagne, la roche prenait des teintes allant de l'ivoire à un bel ocre jaune foncé, en passant par toute une palette de nuances intermédiaires. Au fond, les parois étaient marbrées de stries violettes, de verts vibrants, comme si un peintre était venu là donner libre cours à sa fantaisie.

— Oh ! s'exclama Chakir lorsque Bahir leur demanda de lever les yeux.

Au-dessus de leurs têtes, toutes les couleurs se mélangeaient sur la voûte, formant des motifs abstraits d'une beauté stupéfiante.

Immobile à côté de Marina, Hana avait renversé la tête en arrière et regardait en écarquillant les yeux, comme si elle essayait de comprendre ce que représentait cette grande fresque créée par la nature.

Puis elle ôta son pouce de sa bouche et dit avec le plus grand sérieux :

— C'est très joli.

Bahir regardait Hana en plissant légèrement le front, constata Marina. Puis il se tourna vers elle et haussa un sourcil, attendant son avis.

— C'est même stupéfiant, dit-elle en souriant.

Mais lorsqu'il lui rendit son sourire, ce fut l'expression illuminant son beau visage qui stupéfia Marina, tout en la faisant tressaillir dans les endroits les plus secrets de son corps.

Se faisait-elle des illusions en s'imaginant qu'ils pourraient devenir amis ? Se contenterait-elle jamais de partager de l'amitié avec Bahir, alors qu'il suffisait qu'il effleure sa peau pour qu'elle s'embrase tout entière ?

Marina déglutit avec effort. Elle n'avait pas le choix. Envisager toute autre relation avec lui serait stupide. En outre, depuis leur folle liaison, ils avaient changé tous les deux. Mûri. Ils étaient devenus les parents de Chakir.

Par conséquent, pour le bien de leur fils, ils se limiteraient à une relation amicale et feraient tout pour qu'elle fonctionne.

Lorsque le petit groupe ressortit de la grotte, le pique-nique les attendait, installé à l'ombre de la falaise. Après avoir pris au passage tout ce qu'ils pouvaient tenir dans leurs mains, Chakir et Hana partirent en courant rejoindre leurs nouveaux camarades de jeu.

— Ils peuvent s'éloigner de nous sans problème ? demanda Marina.

— Oui, ne t'en fais pas, répondit Bahir dans son dos. Les adultes gardent un œil sur eux.

Pas du tout rassurée par ses paroles, elle se retourna vers lui.

— Mais, il y a toute sorte de danger, dans le désert…

— Comme tu dis, princesse, répliqua-t-il, une lueur moqueuse au fond des yeux.

Elle soutint son regard en se demandant à quel genre de danger il faisait allusion, précisément. Mais à voir l'éclat qui couvait maintenant dans ses yeux sombres, elle trouva vite la réponse à cette question.

Prise d'un tremblement subit, elle tourna la tête et suivit des yeux les enfants qui couraient en rond, les bras écartés, imitant les grues qu'ils avaient vues en revenant de la Melted Gorge. A la vue d'Hana qui trottait en dernier, battant l'air de ses petits bras, Marina ne put s'empêcher de sourire.

A cet instant, elle entendit le soupir de Bahir et se retourna de nouveau vers lui.

— Tu pourrais peut-être la laisser un peu tranquille…

— Pardon ? répliqua Marina, abasourdie.

— Tu as très bien entendu. Tu te comportes avec cette petite comme si elle était en porcelaine. Pourquoi ne la laisses-tu pas s'amuser comme n'importe quel enfant ?

— Tu ne comprends pas, dit-elle en secouant la tête. Hana n'est pas comme les autres.

— En effet, je m'en étais aperçu ! riposta-t-il d'un ton sec.

Marina le foudroya du regard.

— Tu ne l'aimes pas, c'est tout.

— Pourquoi devrais-je l'aimer ? Je ne t'ai pas demandé de l'emmener. Elle n'est pas ma fille.

— Et c'est tout ce qui compte à tes yeux, n'est-ce pas ? Le seul enfant qui t'importe, c'est celui qui a été conçu avec ta précieuse semence ?

— Que veux-tu que je réponde à cela ? Je n'ai jamais souhaité avoir d'enfant, tu le sais très bien. Tu m'apprends que j'en ai un, passe encore. Mais ne t'attend pas à ce que je m'extasie devant sa sœur. Toutefois je reconnais qu'elle est… Disons que je la trouve mignonne.

Ainsi, il s'adoucissait un peu vis-à-vis d'Hana, songea Marina en l'observant avec attention.

— Elle est belle, répliqua-t-elle doucement.

Chaque fois qu'elle regardait le visage de la fille de Sarah, elle revoyait celui de son amie. Hana était son portrait en miniature. Même son rire lui rappelait celui de sa mère.

— Mais on ne peut pas dire qu'elle te ressemble beaucoup, fit remarquer Bahir.

Un frisson d'alarme parcourut Marina, mais elle réussit néanmoins à hausser les épaules avec indifférence.

— Peut-être, répliqua-t-elle d'un ton désinvolte. Elle ressemble davantage à son père.

Qui est-ce ? aurait voulu demander Bahir tandis qu'elle s'éloignait, le dos raide. Car cette réponse ne le satisfaisait pas du tout. Soudain, il eut envie de lui arracher l'identité du père de sa fille.

Qui était cet homme merveilleux qui avait engendré une enfant aussi spéciale ? Où vivait-il ? Etait-il marié ? Etait-ce pour cette raison qu'il avait installé Marina et ses enfants dans une villa perdue au fin fond de la montagne toscane ?

Il la regarda rejoindre les autres femmes et parler avec Caterina. Toutes deux se tournèrent vers les enfants qui s'étaient maintenant assis en cercle, tandis que l'un des garçons les plus âgés traçait des signes sur le sable avec un bâton. Il leur racontait une histoire, comprit Bahir. En dépit de la distance, il entendait presque la voix du jeune Bédouin.

Lui aussi avait été assis dans un cercle comme celui-ci, écoutant son cousin raconter les exploits des premiers Bédouins du désert de Jaqbar.

Chakir écoutait, la bouche ouverte, fasciné. Et lorsque Bahir entendit son rire fuser, il sentit le souffle lui manquer.

La poitrine oppressée, il perçut des murmures portés par la brise, parmi lesquels il reconnut la voix de sa mère et de son père, puis celles de tous les membres de sa tribu.

Ils l'appelaient.

Bahir se boucha les oreilles et se détourna avant de s'éloigner à grands pas.

Il ne voulait pas entendre ces fantômes. Dire qu'il était venu dans le désert pour se changer les idées ! Au lieu de cela, il se retrouvait harcelé par tous ses démons…

Mais il ne pourrait plus repousser bien longtemps le moment de les affronter, comprit-il tandis que les voix continuaient à résonner dans sa tête, avec de plus en plus d'insistance.

Marina sentit son cœur se serrer en voyant Bahir s'éloigner, la tête entre les mains, comme s'il souffrait d'un mal de crâne insupportable. Mais il s'agissait sans doute plutôt d'une douleur morale, comprit-elle. Et non physique.

— Vous croyez qu'il faut l'accompagner ? demanda-t-elle à Ahab quand celui-ci rejoignit le petit groupe de femmes.

Le vieil homme la regarda quelques instants en silence, mille rides entourant ses yeux où se lisait toute la sagesse du monde.

— Il y a des choses qu'un homme doit faire seul, dit-il lentement.

Marina scruta ses traits en s'interrogeant sur le sens de ses paroles. De quelles choses parlait donc Ahab ?

— Mais, il souffre…

— Cette souffrance est très ancienne. Peut-être commence-t-il seulement à la ressentir.

— Quelle souffrance ? Que lui est-il arrivé ? Cela a-t-il un rapport avec sa famille ?

— C'est à Bahir de vous le dire, répondit le vieil homme en inclinant légèrement la tête. Il le fera quand il y sera prêt.

9.

Le trajet de retour s'effectua dans le calme, les deux enfants s'étant endormis quelques instants après le départ, épuisés, avant que Caterina ne s'assoupisse à son tour.

Installée cette fois à l'avant, Marina ne pouvait s'empêcher de contempler les longues mains à la peau hâlée posées nonchalamment sur le volant.

Toutefois, elle se rendait très bien compte que la décontraction de Bahir n'était que superficielle. Il souffrait, elle en était certaine.

Soudain, elle repensa au jour où elle s'était échappée du campement de Mustafa, grâce à Zoltan, Rashid, Kadar, et Bahir. Et au fait que, même s'il y avait été plus ou moins contraint, c'était Bahir qui l'avait raccompagnée jusqu'en Italie.

— Excuse-moi, dit-elle. Je ne t'ai jamais remercié d'avoir participé à l'expédition qui m'a permis de recouvrer ma liberté.

A sa grande surprise, Bahir sourit, tout en gardant les yeux fixés sur la piste.

— Inutile de me remercier, princesse ! Il ne s'agissait que d'une virée entre vieux amis à laquelle j'ai participé dans le seul but de m'amuser, comme autrefois !

Mortifiée, Marina se raidit sur son siège. Pourquoi avait-elle prononcé ses paroles ? Elle aurait bien dû se douter de la réaction de Bahir. Mais au fond, elle en savait si peu sur lui.

Comment avait-elle pu vivre une liaison avec cet homme durant tous ces mois, passer tant de nuits dans ses bras, sans lui poser les questions qui se bousculaient maintenant dans son esprit ?

— Comment as-tu fait pour organiser tout ceci ? demanda-t-elle.

— Tu fais allusion au pique-nique ?

— Non, je parle de l'ensemble. Nous faire venir au fin fond du désert, alors qu'apparemment tu n'y étais pas revenu depuis des années…

— Avec de l'argent, rien n'est impossible, répliqua-t-il en haussant les épaules.

— Mais tout s'est passé si vite !

— Non, pas tant que cela. J'envisageais de toute façon de venir ici après t'avoir raccompagnée chez toi, si bien que j'avais déjà organisé pas mal de choses. Et le fait qu'Ahab soit encore en vie m'a considérablement facilité la tâche. Quand je l'ai averti que nous serions plusieurs, il a tout de suite su où trouver les tentes supplémentaires dont nous aurions besoin. Et il a proposé de faire venir sa tribu pour nous aider, alors qu'au départ j'avais l'intention de rester seul.

— J'apprécie beaucoup leur présence, dit Marina. Les gens de la tribu d'Ahab se montrent si accueillants !

— Cela fait partie de leurs traditions, répliqua-t-il, une pointe de fierté dans la voix. Dans le désert, un hôte est reçu avec tous les honneurs. Mais j'avoue que je ne soupçonnais pas qu'il existait encore des tribus menant une existence aussi simple. Le monde a tellement changé…

— Ta famille vivait de la même façon, non ?

Bahir eut l'impression que sa poitrine se serrait à l'étouffer. Mais il réussit néanmoins à répondre avec calme :

— Quasiment.

— Et tu as grandi dans les mêmes conditions que ces enfants de Bédouins, n'est-ce pas ? Tu t'es assis le soir autour d'un feu pour écouter des légendes, des récits, tu as contemplé les étoiles, et ton père t'a appris à nager ?

Cette fois, Bahir dut faire un effort surhumain pour parler.

— Oui, à peu près…

— Où vit ta tribu, à présent ? demanda-t-elle au moment où il arrêtait le 4x4 à l'orée du campement.

D'un geste brusque, Bahir serra le frein à main et resta immobile tandis que les autres passagers se réveillaient et regardaient autour d'eux, l'air complètement désorienté.

L'instant fatidique était arrivé, comprit Bahir. Il l'avait senti tout l'après-midi. Son devoir l'appelait.

Il détacha sa ceinture de sécurité, posa la main sur la poignée de la portière et se tourna vers Marina.

— J'irai leur rendre visite une fois que les enfants seront au lit. Si tu veux m'accompagner… Comme cela, tu auras la réponse à ta question.

Ses yeux étincelaient de défi, mais aussi d'une lueur indéchiffrable, plus sombre. Depuis quelque temps, Marina redoutait une révélation atroce concernant sa famille, allant jusqu'à se demander parfois si ses parents l'avaient déshérité à cause de la vie qu'il menait, de sa passion pour le jeu.

Mais à présent, il parlait d'aller leur rendre visite…

— Avec Chakir ?

— Non. Il est trop tôt pour l'emmener là-bas.

Marina le regarda en essayant de comprendre ce que dissimulait l'expression presque neutre de son visage.

— Si tu ne veux pas m'accompagner, ce n'est pas grave, poursuivit-il en se méprenant sur la cause de son silence. De toute façon, c'est sans doute une mauvaise idée.

— Non, répliqua-t-elle. J'irai avec toi.

*
* *

C'était effectivement une très mauvaise idée, comprit Bahir tandis qu'ils s'éloignaient du campement. Il n'aurait jamais dû proposer à Marina de l'accompagner.

Mais, au moins, elle ne posait plus de questions et contemplait la piste étroite en silence. Bientôt, elle aurait toutes les réponses qu'elle souhaitait. Et même davantage. Peut-être commencerait-elle alors à comprendre pourquoi il s'était comporté ainsi, le jour où il lui avait dit qu'il ne voulait plus jamais la revoir.

Et si elle comprenait, peut-être pourrait-elle lui pardonner.

En tout cas, elle connaîtrait la vérité concernant sa famille.

Après que le 4x4 eut escaladé une crête particulièrement abrupte, Bahir sentit le sang battre dans ses veines et des frissons brûlants le parcourir des pieds à la tête. Des gouttes de sueur perlaient à son front, qu'il essuya d'une main mal assurée.

Plus qu'une dune. Cela faisait si longtemps qu'il n'était pas venu dans cet endroit. Et à l'époque, il était encore un enfant. Mais en dépit du temps qui s'était écoulé, il reconnaissait le contour irrégulier des montagnes se découpant sur le ciel, et retrouvait son chemin sans la moindre hésitation.

C'étaient plus que ses souvenirs qui le guidaient. En effet, Bahir sentait presque leurs mains sur le volant. C'était leur sagesse collective qui conduisait le véhicule sur la piste caillouteuse.

Qui le ramenait chez lui.

Une fois arrivé, que leur dirait-il ?

Le 4x4 gravit la pente tandis que Bahir sentait son cœur battre avec une telle violence qu'il crut que celui-ci allait exploser dans sa poitrine.

Soudain gagné par une appréhension affreuse, il s'arrêta au beau milieu de la pente et serra le frein à main.

— Que se passe-t-il ? demanda Marina d'une voix hésitante. Où sommes-nous ?

Elle avait beau regarder autour d'elle en haussant les sourcils, se dit-il, elle ne découvrirait que du sable, quelques rochers et un arbuste desséché ou deux.

Car il ne pouvait pas poursuivre avec elle. Pas encore.

— Attends-moi ici, dit-il sans fournir d'explication. Je ne serai pas long.

Laissant le contact allumé, il sortit dans l'air brûlant et sec et referma la portière derrière lui d'une main ferme.

Les yeux fixés sur le haut de la crête, Bahir songea à ce qui l'attendait de l'autre côté. Après avoir inspiré profondément, il s'éloigna du 4x4 d'un pas déterminé, mais un tel étau lui enserrait maintenant la poitrine qu'il se demanda s'il tiendrait le coup.

Arrivé au sommet, il s'immobilisa et contempla la vallée où se dressaient autrefois les tentes basses, autour d'une petite oasis où une douzaine de gosses se poursuivaient en riant, bouillonnant de vie.

A présent, il ne restait plus rien, hormis quelques grandes pierres plates sur lequel le vent du désert soulevait un léger nuage de sable.

Sa famille…

Lorsque Bahir s'approcha, le vent se mit à tournoyer autour de lui, comme pour l'entraîner vers les vingt-six pierres blanches.

Bahir s'arrêta au pied de l'une d'elles, usée par le temps et les intempéries. Et brusquement, il fut submergé par une culpabilité insoutenable.

Il aurait dû y en avoir une vingt-septième.

Tombant à genoux dans le sable, il posa une main sur la pierre, aussi chaude que l'être humain qu'elle symbolisait.

— Père, dit-il, les larmes ruisselant sur son visage, je suis revenu. Chez nous.

*
* *

Cela faisait une bonne demi-heure que Bahir était parti, et il ne revenait toujours pas. De plus en plus inquiète, Marina scrutait le sommet de la dune dans l'espoir de voir sa haute silhouette surgir à tout instant.

Après avoir attendu dix minutes supplémentaires, elle descendit du 4x4. Aussitôt, la chaleur sèche du désert l'assaillit, mais heureusement une brise légère lui caressa le visage, faisant onduler sa tunique.

Une tristesse infinie se dégageait de cet endroit, constata-t-elle en arrivait en haut de la crête. Au même instant, elle aperçut Bahir un peu plus loin, agenouillé devant une pierre blanche. D'autres s'élevaient autour de lui, remarqua-t-elle en écoutant le vent pousser sa morne plainte.

Son cœur se serra.

— Non…, murmura-t-elle en sentant les larmes emplir ses yeux. Pas cela…

Quelques minutes plus tard, elle s'agenouilla à côté de Bahir, puis resta immobile, sans le regarder. Pour ne pas le brusquer et lui laisser le temps de sentir sa présence.

— Qui est-ce ? demanda-t-elle enfin doucement.

— Ma famille, répondit-il d'une voix étouffée. Je vais te les présenter.

Il tendit le bras vers l'une des pierres.

— Voici ma mère.

Puis vers celle qui se dressait à côté, juste devant eux :

— Mon père…

Dans un murmure à peine audible, il continua à énumérer :

— Mes cousins, mes oncles, ma tante, sa mère. Ils sont tous là.

— Et qui est-ce, ici ? demanda Marina en désignant la dernière pierre.

— Mon petit frère, Jemila. Il avait trois ans : l'âge de Chakir…

Lorsque la voix de Bahir se brisa sur le prénom de son fils, Marina se tourna vers lui et vit ses joues inondées de larmes.

— Oh ! Bahir…, murmura-t-elle, le cœur déchiré.

— Ils étaient vingt-six en tout, dit-il alors d'un ton monocorde. Une tribu entière. Moins un de ses membres.

— Toi.

— J'étais en pension en Angleterre, répliqua-t-il d'une voix creuse. J'étais la fierté de la famille, l'élu. Celui qui accomplirait de grandes choses. Celui sur lequel reposaient tous les espoirs, tous les rêves de la tribu.

Il secoua la tête.

— J'avais douze ans lorsque j'ai appris l'horrible tragédie. Après avoir trouvé un voyageur malade dans le désert, les Bédouins l'avaient ramené au campement. Ils l'ont soigné, mais il est mort. Et ensuite, un par un, tous sont tombés malades, vieux, jeunes — même les plus résistants, les plus costauds. La maladie n'a épargné personne. Quinze jours après leur enterrement, les autorités ont fini par retrouver ma trace et m'ont mis au courant.

— Bahir…, commença doucement Marina.

Mais que dire, face à un tel drame ? Quels mots auraient pu apporter un peu de réconfort à Bahir ?

Elle se contenta de lui passer le bras autour des épaules, juste pour lui faire comprendre qu'elle était là et qu'elle partageait sa douleur. Bahir était froid sous ses doigts, alors qu'il faisait pourtant si chaud.

— Je suis tellement désolée, chuchota-t-elle.

Il leva alors son visage vers le ciel.

— J'aurais dû être avec eux ! C'étaient les vacances scolaires, et je revenais toujours les passer ici. Sauf cette fois-là…

Sa voix se brisa de nouveau, mais après avoir attendu un instant il reprit d'une voix sourde :

— Un camarade de classe m'avait invité chez lui. J'ignorais ce que c'était que Noël, mais je voyais bien que tous les autres étaient excités à la perspective de rentrer chez eux pour fêter l'événement. Par ailleurs, je savais que mes parents tenaient à ce que je revienne à Jaqbar.

Un sanglot monta de sa gorge tandis qu'il semblait faire un effort surhumain pour poursuivre :

— Alors, je leur ai dit que j'étais obligé de rester au pensionnat, pour travailler. Je leur ai dit que je ne pouvais pas rentrer.

Sur ces mots, il baissa la tête et s'affaissa en avant, presque jusqu'au sol.

— J'ai menti à mon père et à ma mère, continua-t-il d'une voix rauque. J'aurais dû être ici, avec eux. Je devrais être enterré moi aussi, parmi eux. Je devrais avoir ma pierre blanche. J'aurais dû partir avec eux.

Horrifiée, Marina entrevoyait enfin ce qu'il avait vécu autrefois.

Bahir était un survivant. Accablé par la culpabilité.

Doucement, elle resserra les doigts sur son épaule dans l'espoir de lui communiquer un peu de chaleur.

— Ils auraient désiré que tu survives. Ils ne t'en voudraient pas. Au contraire. Tu n'es pas coupable, Bahir. De rien.

— Tu ne comprends pas, dit-il en se redressant. J'ai menti à mes parents ! Je n'étais pas là alors que j'aurais dû l'être. Et maintenant je suis condamné à porter ce fardeau jusqu'à la fin de mes jours.

— Bahir, il ne faut pas t'en vouloir.

— A qui d'autre en vouloir ? Ils sont tous partis… Il n'y a plus que moi…

Il inspira lentement, comme s'il avait du mal à respirer.

— Et ce jour-là, le jour où l'on t'a amené ici, répliqua Marina, tu as juré que tu n'aurais jamais d'enfant. Parce que tu ne pouvais pas supporter l'idée qu'il souffre comme tu as souffert. Comme tu souffres encore.

— Non ! s'écria-t-il en secouant la tête.

Puis il se releva et s'éloigna en titubant vers un groupe de palmiers. Après avoir attendu un instant, Marina le suivit, ne sachant quoi dire ni quoi faire.

Une source minuscule sinuait au pied des palmiers, au milieu d'une étroite bande d'herbe.

Tombant de nouveau à genoux, Bahir s'aspergea le visage d'eau, avant de basculer en arrière sur ses talons, le regard vide.

— Ce sont eux qui ont souffert. Pas moi. Je suis allé chez mon camarade, j'ai reçu des cadeaux, je me suis bien amusé ! Sans jamais soupçonner ce qui se passait ici, dans le désert… Et ensuite, d'un seul coup, je me suis retrouvé sans rien. Sans personne. J'aurais dû être avec eux ! s'écria-t-il d'une voix d'animal blessé.

Le visage crispé, il ferma les yeux et serra les paupières, mais cela n'empêcha pas les larmes d'en jaillir et de couler sur ses joues.

Totalement impuissante devant un tel désespoir, une telle souffrance, Marina s'agenouilla à côté de lui et le prit dans ses bras avant d'essuyer ses larmes sous ses lèvres.

Effondré contre elle, Bahir la laissa l'embrasser et lui caresser les cheveux, tandis que de violents sanglots le secouaient tout entier.

Peu à peu, Marina le sentit se détendre, se réchauffer, jusqu'à ce qu'il se mette à lui rendre ses baisers. La bouche de Bahir chercha d'abord la sienne en hésitant, puis avec frénésie, comme s'il se réveillait d'un cauchemar atroce.

Et quand il la fit basculer sur le sol en l'embrassant avec fièvre, Marina n'offrit pas la moindre résistance. Sans quitter sa bouche, Bahir fit remonter sa tunique sur ses jambes, et elle souleva les hanches pour lui faciliter la tâche. Ensuite, forcé de s'écarter un instant, il se redressa et arracha sa chemise, puis se débarrassa de son pantalon tandis que Marina ôtait son soutien-gorge et sa culotte.

Avec un gémissement rauque, Bahir s'allongea au-dessus d'elle et la pénétra sans autre préliminaire. Mais Marina n'en avait pas besoin. Au contraire, elle aussi brûlait d'impatience, aussi creusa-t-elle les reins pour mieux l'accueillir

— Bahir… Bahir…, gémit-elle à son tour.

Il répondit par une longue plainte accompagnée d'un vigoureux coup de rein, emplissant Marina tout entière, jusqu'au cœur. Les sensations qui déferlaient en elle étaient si intenses, si merveilleuses, qu'elle ferma les yeux et laissa couler ses larmes.

Faire l'amour avec Bahir avait toujours été divin, mais jamais elle n'avait ressenti ces ondes incroyables la traverser, l'emporter toujours plus loin, plus haut…

Accrochés l'un à l'autre, haletants, ils grimpèrent ensemble jusqu'à atteindre des sommets éblouissants et encore jamais explorés. Bahir augmenta le rythme en murmurant son prénom, encore et encore, tandis qu'ils s'envolaient tous deux vers l'extase.

Egarée dans une myriade de sensations inconnues, Marina entendit Bahir pousser un cri de triomphe et de désespoir. Tendrement, elle referma alors les mains sur ses hanches et, toujours enlacés, ils redescendirent sur terre.

Elle l'aimait. De tout son être. Elle n'avait jamais cessé de l'aimer.

Longtemps, ils restèrent ainsi en silence, baignés dans la lumière dorée du soleil déclinant peu à peu à l'horizon.

— Je n'avais jamais pleuré leur perte, dit enfin Bahir en la serrant contre lui et en lui caressant les cheveux. Je ne pouvais pas. J'avais trop honte et je ressentais trop de colère.

— Cela fait du bien de pleurer, murmura Marina. Maintenant, ça ira mieux.

La main de Bahir s'immobilisa sur sa tempe.

— Non, ça n'ira pas mieux, soupira-t-il. Le jour où tu es venue me voir, et que je me suis emporté…

— Chut, fit-elle en posant un doigt sur sa bouche. Cela n'a pas d'importance. Je comprends.

Il lui saisit la main et la pressa contre ses lèvres.

— Tu ne sais pas tout. Après la disparition de ma famille, le pensionnat a accepté de me garder. Ils ne pouvaient pas me renvoyer chez moi, ont-ils dit, puisqu'il n'y avait plus personne là-bas. Alors, ils m'ont trouvé une famille d'accueil, chez un Arabe travaillant à Londres dans les milieux de la finance, et qui prétendait être un parent éloigné. C'était un homme cruel, que sa femme n'osait jamais contredire. Il fallait toujours que je sois le meilleur de ma classe, sinon, il me battait avec sa canne. Je le haïssais.

Il secoua la tête, le regard sombre.

— J'ai décidé de m'en aller, mais d'abord, il me fallait de l'argent. C'est à ce moment-là que j'ai commencé à jouer. J'ai vite compris que j'avais un vrai talent pour le jeu. Un jour, celui qui me servait de père a découvert ma passion et m'a battu encore plus. Mais, en même temps, il a renforcé ma détermination à ficher le camp. A seize ans, j'avais gagné suffisamment d'argent pour pouvoir me passer de lui.

Bahir se passa la main dans les cheveux.

— Le matin où tu es venue me voir, je m'étais réveillé avec les voix de mes parents dans la tête. J'avais rêvé d'eux cette nuit-là, j'avais revécu le jour où j'avais appris que tous ceux que j'aimais, tout mon univers, m'avait été enlevé, pour toujours.

— Pas étonnant que tu te sois mis en colère.

— Ce n'est pas tout, hélas ! soupira-t-il. Ce même matin-là, j'avais reçu un paquet envoyé par un avocat, qui contenait une lettre m'annonçant que mon père de substitution était décédé. Ce salaud avait gardé pendant toutes ces années la bague de mon père, le collier de ma mère, et l'amulette que portait Jemila au moment de sa mort ! Jamais il ne m'avait parlé de leur existence !

Un éclat farouche traversa son regard.

— J'étais en colère ; contre ce salopard, oui, mais aussi contre ma famille, pour m'avoir abandonné à un sort aussi affreux, et contre moi-même, parce que je leur avais menti pour aller chez mon camarade au lieu de rentrer auprès des miens. Ce matin-là, je haïssais tout le monde, moi y compris. Alors, quand tu es arrivée et que tu as parlé de fonder une famille…

Il secoua la tête.

— … j'ai perdu le peu de sang-froid qu'il me restait.

De son côté, elle n'aurait pas pu se montrer plus maladroite, songea Marina. Ni choisir plus mauvais moment pour lui avouer son amour. Quant à lui révéler qu'elle était enceinte…

Se soulevant sur un coude, elle se tourna vers lui.

— Je suis désolée, Bahir. Je ne me doutais vraiment pas…

— Comment aurais-tu pu le savoir ? l'interrompit-il avec amertume.

Quand il détourna la tête, Marina passa les doigts dans ses épais cheveux noirs.

— C'est peut-être parce que tu as tout perdu autrefois que tu t'es pris de passion pour le jeu, dit-elle d'une voix douce. L'argent, ce n'est pas comme les êtres humains. Lorsqu'on en perd, c'est douloureux, mais on peut en gagner de nouveau. Au fond, il n'y a pas de vrai risque.

Il se retourna vers elle en plissant le front, comme s'il ne comprenait pas ce qu'elle avait voulu dire.

— Je n'avais jamais désiré avoir d'enfants, dit-il. Je n'avais jamais envisagé de fonder une famille.

— Je sais. Je comprends, Bahir.

— Mais je veux Chakir. Je veux mon fils.

La gorge trop serrée pour pouvoir parler, Marina hocha la tête en silence.

— Et je veux aussi sa mère, ajouta-t-il en l'enlaçant.

10.

— Epouse-moi, murmura-t-il tout contre ses lèvres.

— Bahir, je… balbutia Marina.

— Chakir a besoin de son père, tu le vois bien. Je n'avais jamais souhaité fonder une famille, c'est vrai, mais je ne peux pas tourner le dos à mon fils. Et puis, mon père serait si fier d'avoir un petit-fils. De constater que j'ai fait au moins quelque chose de bien dans ma vie.

— Mais pourquoi nous marier ?

— Je ne veux pas être un père à temps partiel. Je veux être là chaque jour pour Chakir. Et je ferai tout pour devenir un bon père, je le jure. En outre, nous nous entendons bien, toi et moi. Tu ne peux pas dire le contraire. Nous ferons fonctionner notre mariage, pour le bien de Chakir.

Le bien de Chakir. C'était peut-être une raison suffisante pour se marier, songea Marina. Mais Hana ? Bahir accepterait-il de devenir son père à elle aussi ?

Et l'amour, dans tout cela ? Y aurait-il jamais de la place pour lui dans cet arrangement ? Bahir avait-il perdu toute capacité à aimer en même temps qu'il avait perdu sa famille entière ?

— Je ne sais pas, dit-elle. C'est une décision trop importante pour être prise à la légère… J'ai besoin de temps pour y réfléchir. Toi aussi, tu devrais prendre ton temps, afin d'être sûr de…

— Tu as raison, l'interrompit-il en caressant ses lèvres

avec les siennes. J'ai besoin de temps moi aussi, pour te convaincre de m'épouser.

Il laissa glisser sa bouche sur son cou avant d'ajouter :

— Je crois même que je vais prendre tout mon temps pour te montrer à quel point je te désire…

Ils arrivaient en vue du campement lorsque Marina se rendit compte qu'ils avaient fait l'amour sans utiliser de préservatif.

Comment avaient-ils pu se montrer aussi insouciants — aussi irresponsables ? Bahir l'avait-il fait exprès, dans le but de la faire fléchir ? Non, c'était impossible, se dit-elle en repensant aux tombes blanches et à la force de son chagrin. Il s'agissait d'un oubli pur et simple. Et stupide, mais peut-être sans conséquences… Elle se livra à un rapide calcul mental : c'était la fin de son cycle, alors il n'y avait pas grand risque…

Et puis, le destin ne pouvait pas lui jouer un tour pareil une seconde fois !

Les jours suivants, Bahir démontra qu'il ferait un excellent père pour Chakir. Il lui apprit notamment à interpréter les empreintes laissées sur le sable, à reconnaître les différents oiseaux migrateurs, et lui enseigna toutes sortes de choses que Chakir n'auraient jamais découvertes sans lui.

Bahir alla même jusqu'à manifester un peu d'intérêt envers Hana, qui trottait toujours derrière lui et son frère, avide de participer à toutes leurs aventures. S'intéressait-il vraiment à elle, ou n'agissait-il ainsi que pour prouver sa bonne volonté ? se demanda Marina en l'observant.

En tout cas, Bahir se surpassait lors de leurs étreintes passionnées. Et il ne manquait pas unc occasion de l'entraîner dans sa tente, avant de se livrer à des transports qui laissaient Marina pantelante…

Et, chaque fois qu'ils se retrouvaient, il lui demandait si elle avait pris sa décision. Invariablement, Marina secouait alors la tête et lui répétait qu'il devait se montrer patient.

Ils avaient le temps, songeait-elle en son for intérieur. Par ailleurs, elle aurait tant aimé qu'il lui offre ce qu'elle désirait dans le secret de son cœur, qu'il lui dise ces mots tout simples qu'elle souhaitait tant entendre.

Finalement, ce ne furent pas ses talents d'amant qui la persuadèrent, pas plus que la façon dont il comblait leur fils d'attentions ou soulevait parfois Hana du sol avant de l'installer sur un cheval…

Si, au fond de son cœur, Marina décida d'accepter d'épouser Bahir, ce fut à cause du puits qu'il fit construire, participant lui-même aux travaux avec les hommes de la tribu.

Ce fut aussi à cause des livres qu'il fit venir au campement, afin que les enfants puissent apprendre à lire et écrire sur place, au lieu de devoir se rendre à Souza, loin de leurs familles.

Et enfin, à cause de tous les changements que Marina vit s'opérer en lui.

Car Bahir n'était plus l'homme qu'elle avait connu autrefois, celui avec lequel elle avait passé tant de nuits à faire la fête, avant de rentrer à l'aube dans des chambres luxueuses pour se livrer à de folles étreintes.

Bahir s'était transformé en un être nouveau qui semblait avoir trouvé un sens à sa vie. Il avait appris à rire, à vivre. Peut-être apprendrait-il même un jour à aimer, comme Marina ne pouvait s'empêcher de l'espérer.

En tout cas, elle n'éprouvait plus aucun doute : elle voulait passer le reste de son existence avec lui.

*
* *

— Il m'a demandé de l'épouser, confia-t-elle à Caterina un soir.

Elles préparaient les enfants pour la nuit, avant que Marina n'aille rejoindre Bahir, qui lui avait promis une surprise très spéciale…

Caterina la prit dans ses bras et l'embrassa avec chaleur.

— Je me disais bien… Vous êtes si belle, ces temps-ci. Vous rayonnez, Marina ! Allez-vous accepter ?

— Oui. Et je vais le lui annoncer ce soir. Cela vous dérangerait de rester seule avec les enfants pendant quelques heures, Caterina ? Bahir m'attend quelque part, je ne sais même pas où — il a refusé de m'en dire plus…

— Bien sûr ! répondit sa fidèle gouvernante en lui posant la main sur l'épaule. Imaginez un peu comme Chakir et Hana vont être excités demain, quand vous leur annoncerez la grande nouvelle ! Les enfants, ça a besoin d'un père.

— Oui, je sais, acquiesça Marina en souriant.

— Lui avez-vous dit, pour Hana ?

— Non, pas encore.

Marina plissa le front en pensant à Sarah.

— Je ne voulais pas trahir ma promesse avant d'être sûre de Bahir. Mais je lui révélerai la vérité avant de l'épouser, afin qu'il n'y ait aucun malentendu. Sarah m'aurait approuvée, j'en suis certaine.

— Vous avez raison, répliqua Caterina en la serrant de nouveau contre elle. Je suis si heureuse pour vous, Marina ! Si quelqu'un mérite de trouver le bonheur, c'est bien vous !

Ce soir, Bahir était certain qu'elle allait enfin dire oui.

Pour l'occasion, il avait fait dresser une somptueuse tente sur une crête surplombant une vallée ombragée par de nombreux palmiers qui avaient poussé là, dans ce désert aride, comme par miracle. Et pour parachever ce décor paradisiaque, il avait même fait installer une piscine.

Pour Marina, et pour qu'elle devienne sa femme, Bahir était prêt à tout. De toute façon, elle devait bien se rendre à l'évidence : ils étaient forcés de se marier, il n'y avait pas d'autre solution.

Quant au brasier qui les consumait dès qu'ils s'approchaient l'un de l'autre, il ne laissait aucun doute sur leur entente charnelle. Et celle-ci ne semblait pas être en voie de s'éteindre. Au contraire, après chaque étreinte, Bahir désirait Marina avec encore plus d'intensité.

Alors, pourquoi le faisait-elle languir en repoussant sans cesse le moment d'accepter sa proposition ?

En tout cas, si elle souhaitait qu'il lui fasse la cour, elle ne serait pas déçue ce soir, songea-t-il en contemplant le nid d'amour qu'il avait créé, en plein milieu du désert.

Il avait également fait venir une bague : une énorme émeraude sertie dans un anneau de platine et entourée de diamants étincelants. Par ailleurs, il avait trouvé la maison idéale, en Toscane, puisque Marina semblait apprécier cette région. Mais plus proche de Pise que la villa actuelle, pour faciliter leurs allées et venues entre Jaqbar et l'Italie.

Entendant soudain un bruit de moteur, Bahir tourna la tête et aperçut la lumière des phares. Une dernière fois, il promena son regard à l'intérieur de la tente : tout était parfait. Il n'avait rien laissé au hasard. Et tout à l'heure, quand il lui aurait prodigué les caresses les plus savantes, Marina ne pourrait plus lui résister.

Ce soir, elle serait à lui, pour toujours.

Ce devait être un mirage, songea Marina en écarquillant les yeux. Après que le véhicule eut roulé durant des kilomètres dans le désert, elle avait vu apparaître au loin une étrange lueur rouge. Il s'agissait d'une tente, avait-elle compris lorsqu'ils s'étaient approchés, entourée de lampions colorés.

Une tente richement décorée, devant laquelle se dressait une haute silhouette vêtue de blanc.

Bahir, portant sa tunique traditionnelle de cheikh bédouin.

Le cœur battant à tout rompre, Marina le regarda. Habillé à l'européenne, il était déjà d'une beauté renversante, mais dans cette tenue, il semblait sortir tout droit d'un conte des *Mille et Une Nuits*.

De son côté, elle s'était préparée avec soin, choisissant une tunique couleur or brodée de motifs raffinés incrustés de pierres précieuses qui miroitaient au moindre mouvement.

Cette soirée allait être très spéciale, en effet, se dit-elle en lissant le tissu sur ses hanches d'une main soudain nerveuse.

Ce soir, elle allait accepter d'épouser Bahir. De devenir sa femme. Pour toujours.

A cet instant, il ouvrit sa portière.

— Bienvenue, Marina, dit-il, les yeux étincelants. Tu es ravissante.

Puis il l'aida à descendre de voiture avant de faire signe au chauffeur de les laisser.

Au moment où le véhicule s'éloignait, Marina aperçut la piscine. Stupéfaite, elle regarda la lumière colorée des lampions jouer sur la surface de l'eau, parmi les reflets des hauts palmiers.

— Où sommes-nous ? demanda-t-elle en s'avançant vers le bord du bassin.

— A Palm Valley, répondit Bahir en la rejoignant.

Après l'avoir enlacée doucement, il lui déposa un baiser sur la nuque.

— On raconte que cet endroit existe depuis l'ère des

dinosaures, poursuivit-il. Mais je crois plutôt qu'il a été créé en ton honneur.

— Et la tente et la piscine ? répliqua Marina en fermant les yeux.

— Ah… Ça, c'est un cadeau personnel.

Ses mains se posèrent sur son ventre, puis l'une remonta vers son sein tandis que l'autre glissait vers le lieu intime où frémissait le désir de Marina. Mais quand Bahir prit son mamelon gonflé entre ses doigts et le fit rouler avec art, tout en caressant son pubis à travers le tissu, elle se dégagea doucement.

— Tu veux du champagne ? demanda-t-il d'une voix rauque. J'ai aussi des jus de fruits et du thé, si tu préfères.

— Non, merci. Rien pour l'instant.

Elle devait lui parler d'Hana. Maintenant. Même si elle brûlait de sentir les mains de Bahir partout sur son corps.

— Je voudrais te dire quelque chose, poursuivit-elle.

Ensuite, elle lui annoncerait qu'elle acceptait de l'épouser. Mais pas avant qu'il ne connaisse la vérité.

Cependant, lorsqu'il s'agenouilla devant elle et fit remonter sa tunique sur ses jambes, puis que sa bouche glissa sur sa peau, de plus en plus haut, que ses doigts écartèrent sa culotte de soie, que sa langue la caressa, là…

Marina décida que la vérité pouvait encore attendre un peu. Après tout, pourquoi gâcher ce plaisir fabuleux qui s'épanouissait au cœur même de sa féminité ? se demanda-t-elle en sentant le plaisir déferler dans son corps, emportant tout sur son passage…

Etendue nue au bord de la piscine en attendant le thé promis par Bahir, Marina savourait les sensations merveilleuses qui la parcouraient encore, bien longtemps après les orgasmes fantastiques que lui avait offerts son amant.

Son futur mari.

La jouissance qui l'avait submergée une première fois n'avait en effet constitué qu'un hors-d'œuvre. Ensuite, Bahir l'avait soulevée dans ses bras avant de pénétrer dans un décor fastueux, puis l'avait étendue sur un lit bas couvert de soie couleur rubis. Quant à l'inventivité dont il avait alors fait preuve, cela avait été un festin — une véritable orgie — des sens, digne du conte érotique le plus raffiné.

N'était-elle pas la plus chanceuse des femmes ?

Par ailleurs, puisque Bahir adorait à ce point son corps, cela voulait forcément dire qu'il l'aimait au moins un peu, non ?

Dans le cas contraire, elle l'amènerait à l'aimer. Une fois qu'ils seraient mariés.

Marina soupira en contemplant le reflet doré de la lune dansant à la surface de l'eau. Cette fois, il fallait qu'elle parle à Bahir. Et lorsqu'il saurait tout, et s'il désirait encore l'épouser, elle lui annoncerait qu'elle acceptait de devenir sa femme.

Après avoir pris l'épaisse serviette posée sur le dessus de la pile se trouvant sur la table basse, Marina se leva en ignorant les protestations de son corps et la noua sur ses seins.

Sur la table, elle aperçut alors une brochure qu'elle n'avait pas remarquée jusque-là et se pencha pour la prendre. Il s'agissait d'une brochure d'immobilier… Surprise, Marina commença à la feuilleter avec curiosité.

— Tu es sortie de la piscine ?

Redressant la tête, elle vit Bahir lui sourire, portant un plateau avec une théière et des petits verres colorés entre les mains.

— Oui, il valait mieux ! Je crois que j'aurais pu m'endormir dans l'eau… Mais dis-moi, poursuivit-elle en montrant la brochure, qu'est-ce que c'est ? Je l'ai trouvée sur la table, à côté des serviettes.

— Ah…, fit-il d'un air déçu.

Il posa le plateau, puis versa le liquide à l'arôme délicieux dans les deux verres.

— C'était censé être la surprise finale... Après que tu as accepté de m'épouser.

Un frisson déplaisant traversa Marina. Certes, elle était venue rejoindre Bahir avec l'intention de lui dire le oui qu'il attendait, mais pourquoi envisageait-il d'acheter une maison à proximité de la villa ? Projetait-il de ne pas vivre avec elle et les enfants... ?

— Tu étais si certain de ma réponse ?

Un sourire presque enfantin éclaira ses traits virils.

— Bien sûr !

Baissant de nouveau les yeux sur la brochure, Marina sentit soudain une impression d'absurdité l'envahir.

— Mais... je ne comprends pas... Pourquoi acheter une maison en Toscane ?

Il se rapprocha d'elle et, après avoir tourné quelques pages, il désigna les photographies d'une grande villa se dressant sur plusieurs étages au milieu d'un parc immense. La propriété était située à quinze minutes de Pise, lut Marina, de plus en plus perplexe.

— Pas mal, dit-elle prudemment.

— Elle est à toi, répliqua Bahir en lui passant le bras autour des épaules.

Marina se tourna vers lui en fronçant les sourcils.

— Tu as dit toi-même que je n'avais pas de maison où accueillir Chakir, fit-il remarquer. Tu te rappelles ? Et vu que mon fils a besoin d'un toit...

— Attends, l'interrompit-elle d'un geste de la main. Que veux-tu dire par là ? Chakir a déjà un toit, que je sache !

Bahir secoua vigoureusement la tête.

— Non. Il est hors de question que mon fils vive dans une maison appartenant à ce type.

— Quel type ? Je ne comprends pas...

— Le père d'Hana. Je ne veux pas que mon fils retourne là-bas.

Eberluée, Marina recula avant de le regarder en silence.

— Tu peux répéter ce que tu viens de dire ? demanda-t-elle enfin.

— J'ai dit que mon fils ne vivrait pas dans une villa appartenant au père d'Hana. Dorénavant, c'est moi qui pourvoirai à tous ses besoins.

— D'où tiens-tu que la villa où nous vivons appartient au père d'Hana ?

— Tu crois que je n'ai pas compris ? Un ami, as-tu dit l'autre jour. Il s'agit forcément du père d'Hana, sans doute ravi de dissimuler le résultat d'une aventure passagère dans cet endroit perdu…

Ses paroles firent l'effet d'un coup de poing à Marina. En pleine poitrine. Bien sûr, elle avait soupçonné que Bahir imaginerait le pire à propos de cet ami imaginaire, mais jamais qu'il échafauderait un roman aussi abracadabrant…

— J'aimerais que tu n'emploies pas le mot de résultat en parlant d'Hana, dit-elle d'un ton sec.

— Je remarque que tu ne nies pas que la villa appartienne à son père.

— C'est tellement ridicule que je ne vois pas pourquoi je perdrais mon temps à le nier ! La villa n'appartient pas au père d'Hana, dit-elle en détachant les syllabes. Tu es satisfait, maintenant ?

Il plissa le front, battit des paupières, puis haussa les épaules comme si ce genre de détail n'avait aucune importance.

— Ce n'est pas grave. De toute façon, tu n'en auras plus besoin, répliqua-t-il en agitant la brochure. Je vais organiser le déménagement : tout sera réglé avant que nous n'ayons quitté Jaqbar.

Quand avait-il pris le contrôle de sa vie ? se demanda

Marina avec stupeur. Lorsque, égarée dans le plaisir, elle avait crié son prénom ?

Une lassitude affreuse l'envahit tout à coup. A quoi bon lui révéler la vérité ?

— Non, tu n'organiseras rien du tout, dit-elle avec effort. Chakir a déjà une maison, où il est heureux. Où nous sommes heureux : Hana, Caterina, lui et moi. Je suis désolée que tu te sois donné tout ce mal, mais nous n'avons pas l'intention de déménager.

Bahir poussa un juron étouffé et se mit à marcher le long de la piscine.

— Pourquoi fais-tu autant d'histoires, bon sang !

Ça alors... Il ne manquait pas d'audace ! songea Marina en le voyant revenir à grands pas vers elle.

— Tu trouves vraiment que c'est moi qui fais des histoires ?

— Si tu ne veux pas quitter cette villa, il doit bien y avoir une raison ! Et si elle n'appartient pas au père d'Hana, qui te l'a prêtée ?

Il lui lança un regard noir.

— Un autre de tes amants ?

Marina sentit l'air lui manquer. Dire qu'elle avait failli lui révéler le secret de Sarah...

Etait-ce le vrai Bahir qui se dévoilait maintenant ? L'être adorable qu'elle avait cru découvrir durant ces derniers jours n'était-il qu'un mirage ?

— De quels amants parles-tu, exactement ?

— Ne joue pas les innocentes, Marina. Il doit y en avoir eu quelques-uns, après moi. Une femme comme toi, dotée d'un tempérament aussi...

— Et toi ? coupa-t-elle brutalement. Tu n'as pas connu d'autres femmes, après notre séparation ? Aurais-tu décidé de rester célibataire, par loyauté envers moi ? Avec un tempérament aussi viril, franchement, j'en doute !

— J'ai eu des maîtresses, bien sûr ! riposta-t-il entre ses

dents. Mais moi, au moins, j'ai l'honnêteté de reconnaître que j'ai eu besoin de sexe !

— Dis-moi, que veux-tu au juste, Bahir ? Un compte rendu détaillé de ce que j'ai fait, après avoir été chassée de ton existence ? Pas question ! Tu as perdu tout droit à savoir quoi que ce soit à mon sujet dès l'instant où tu m'as rejetée en me disant que tu ne voulais plus jamais me revoir !

Les épaules de Marina s'affaissèrent soudain. Quant à ses yeux, ils avaient perdu tout éclat, remarqua Bahir, ébranlé par un mélange d'émotions contradictoires.

— Et nous savons pourquoi tu as réagis ainsi, n'est-ce pas ? poursuivit-elle. Pourquoi tu m'as bannie de ta vie ce jour-là...

Elle secoua la tête d'un air triste.

— Oh ! mon Dieu... Que se passe-t-il, Bahir ? Pourquoi fais-tu cela ? Pourquoi nous disputons-nous ?

Brusquement, Bahir ne comprit plus rien non plus. Qu'est-ce qui avait provoqué cette querelle ? Et que désirait-il, au juste ? Une garantie de fidélité de la part de sa future épouse ? La certitude que leur mariage ne connaîtrait jamais d'échec ?

Comme s'il croyait encore à ce genre de foutaises...

Néanmoins, il désirait toujours savoir à qui appartenait cette fichue villa.

— Je désire seulement la vérité.

— La vérité ! répéta-t-elle avec un rire brisé. Eh bien, je vais te la dire, et peut-être me croiras-tu, cette fois. Je t'aime, Bahir, de tout mon cœur, de toute mon âme. Il n'y a jamais eu d'autre homme que toi dans ma vie.

Bahir sentit une douleur étrange lui transpercer le crâne, puis son cerveau s'arrêta un instant de fonctionner.

— C'est ce que tu as dit au père d'Hana ?

Cette fois, Marina ne répondit pas. Elle se contenta de le dévisager, avec ses grands yeux qui lui faisaient presque mal, rien qu'à les regarder.

— Je veux rentrer chez moi, dit-elle enfin d'une voix sourde.

Si elle croyait s'en tirer à si bon compte...

— Je t'ai vue ! lança-t-il d'un ton accusateur. Un mois après notre séparation, je t'ai vue à Monte-Carlo. Tu portais la robe rouge que je t'avais offerte, celle que j'adorais t'ôter, avec tous ces petits boutons, tu te souviens ? Et tu étais en compagnie d'un homme...

Elle ferma les yeux en secouant la tête.

— Je veux rentrer chez moi, répéta-t-elle.

Un soupir exaspéré échappa à Bahir. Ils n'arriveraient à rien pour l'instant, comprit-il.

— Va te rhabiller, dit-il en contemplant le plateau oublié sur la table basse.

Après avoir commencé dans une atmosphère idyllique, la soirée dont il avait tant espéré se terminait de façon lamentable, comme un mauvais rêve.

Tout cela, parce qu'il avait laissé traîner la brochure qu'il comptait lui montrer plus tard. Quand elle aurait enfin prononcé ce petit mot de trois lettres qu'il attendait avec tant d'impatience.

— Nous retournons au campement, poursuivit-il. Mais nous reparlerons de tout cela plus tard.

— Non ! s'exclama-t-elle en se détournant. Je veux rentrer en Italie. Chez moi.

Sur ces paroles, elle s'avança vers l'entrée de la tente.

— Marina ! Arrête ! s'écria-t-il en la retenant par le bras.

— Ne me touche pas !

Bahir la lâcha et la suivit à l'intérieur de la tente, où il la regarda se rhabiller à la hâte, avant de pivoter sur elle-même.

— Tu veux savoir le plus drôle ? lança-t-elle, les yeux flamboyants de colère.

— Dis-le, si tu y tiens, répliqua-t-il d'une voix rauque.

Après s'être penchée, elle s'empara vivement de l'une

de ses sandales et la passa à son pied, tout en se tenant en équilibre sur l'autre.

— Je n'ai jamais rencontré le père d'Hana. Tu ne trouves pas cela comique ?

— Pardon ?

— Fais travailler tes méninges, Bahir, dit-elle en cherchant la seconde sandale. Toi, qui prétends tout savoir sur mes amants !

— Marina…

— Attends, tu ne connais pas encore tout ! Tu vas rire, je t'assure : la villa appartient à Hana. Et non à son père ou à quelque amant hypothétique que tu m'attribues !

Elle haussa les sourcils d'un air moqueur.

— Eh bien, tu ne ris pas, Bahir ? Tu ne trouves pas ça drôle ?

Ses paroles étaient absurdes, songea Bahir.

— Comment pourrait-elle appartenir à Hana ? demanda-t-il lentement.

— C'est très simple : sa mère la lui a laissée. Maintenant, emmène-moi loin de ce décor de conte de fées absurde et conduis-nous à Souza. Les enfants et moi rentrons chez nous.

Bien loin d'avoir envie de rire, Bahir se remit au volant tandis que Marina s'installait à côté de lui sans dire un mot, le regard fixé devant elle.

Il avait beau faire des efforts, il n'arrivait pas à rassembler les morceaux du puzzle.

Les paroles de Marina n'avaient aucun sens, quelle que soit la façon dont il les tournait et retournait dans son esprit.

Cependant, une chose ne faisait aucun doute : il s'était trompé sur son compte. Depuis des années.

La villa appartient à Hana. Sa mère la lui a laissée. Les mots tourbillonnaient dans son cerveau, de plus en plus vite, provoquant une douleur qui se propageait peu à peu dans tout son être.

De qui Hana était-elle la fille ? Et lui, comment avait-il pu être aussi aveugle ? En effet, mis à part les cheveux noirs, la petite ne ressemblait en rien à Marina…

Mais au fond, Bahir savait très bien pourquoi il avait préféré rester aveugle : parce qu'il avait voulu croire qu'il n'avait pas commis d'erreur en rejetant Marina autrefois. Parce que la faire sortir de sa vie était plus facile que de regarder en face l'émotion qui frémissait en lui, en tout point différente de la colère.

En rejetant Marina, il s'était protégé du plus grand risque que comportait la vie humaine.

Et en refusant de prendre ce risque, il avait tout perdu.

Il avait perdu Marina.

Quand le véhicule arriva au sommet de la dernière dune et que Marina vit des lumières courir en tout sens dans le campement, un affreux pressentiment l'envahit.

— Que se passe-t-il ? demanda-t-elle d'une voix rauque.

— Je ne sais pas, dit Bahir en appuyant sur l'accélérateur.

Elle n'aurait jamais dû s'éloigner, songea Marina en s'accablant de reproches. S'il était arrivé quelque chose aux enfants, elle ne se le pardonnerait jamais.

Lorsque le véhicule s'arrêta dans un nuage de poussière, Caterina se dirigea vers eux à pas rapides en serrant Chakir contre sa poitrine. Dès qu'elle entra dans le faisceau lumineux projeté par les phares, Marina vit l'inquiétude qui dévorait son regard.

— Hana…, souffla Caterina dès que Marina eut ouvert la portière. Hana a disparu.

11.

Oh ! mon Dieu… Elle n'aurait jamais dû quitter les enfants. Pourquoi était-elle allée rejoindre Bahir, au lieu de rester auprès d'eux ?

— Depuis combien de temps ? demanda-t-elle d'une voix blanche en descendant précipitamment du véhicule.

Marina prit Chakir des bras de Caterina et le serra contre elle.

— A-t-on cherché partout ?

— Je suis désolée, dit la gouvernante en retenant ses larmes. Elle doit avoir quitté la tente pendant que je dormais. Je ne peux hélas pas vous en dire plus…

— Elle ne peut pas être allée bien loin, répliqua Marina en essayant de s'en convaincre elle-même.

— Les hommes fouillent de nouveau toutes les tentes, reprit Caterina. D'autres sont partis explorer les alentours au cas où elle se serait aventurée dans le désert.

— Non ! s'écria Marina en pressant le petit corps chaud de Chakir sur sa poitrine.

Mais dorénavant, il était trop grand pour être tenu ainsi, aussi se mit-il à gigoter de toutes ses forces pour se dégager.

Marina relâcha son étreinte en frémissant. Si Hana était partie dans le désert en pleine nuit…

Horrifiée, elle se mit à trembler de la tête aux pieds.

— Je la retrouverai, affirma alors Bahir, prenant la parole pour la première fois depuis leur arrivée.

— Je regrette de t'avoir rejoint, dit-elle. Je n'aurais jamais dû les laisser.

Le visage blême, elle caressait la tête de son fils d'un air si désespéré que Bahir eut l'impression de ressentir sa peine.

— Je la retrouverai, répéta-t-il.

Après le gâchis dont il était responsable, il n'avait pas le choix : il devait retrouver Hana.

Les Bédouins fouillaient minutieusement le campement sous la direction d'Ahab, tous conscients de la gravité de la situation.

Une enfant minuscule errait dans le désert, seule, en pleine nuit, songea Bahir avec un frisson. Cependant, ses petites jambes ne pouvaient pas l'avoir menée bien loin, se rassura-t-il en jetant la selle de cuir roux sur son cheval. Mais quelle direction avait-elle prise ?

Si quelque chose lui était arrivé, Marina ne se pardonnerait jamais d'avoir quitté ses enfants pour la soirée. Quant à lui, il s'en voudrait de l'avoir éloignée d'eux.

L'aube commençait à poindre, étirant ses longues traînées roses et mauves dans le ciel d'encre. Le jour qui allait renaître serait synonyme de joie, et non de deuil, décida Bahir en enfourchant sa monture avec une détermination farouche.

Aussitôt le cheval s'ébroua et racla le sol de ses sabots, comme s'il comprenait lui aussi l'urgence de la situation. Où un enfant pourrait-il désirer aller ? se demanda Bahir en scrutant les dunes dont les contours se précisaient peu à peu dans le demi-jour.

Qu'est-ce qui avait bien pu attirer Hana hors de la tente ?

Alors qu'il avait presque atteint la première crête, Bahir entendit un bêlement. Tirant aussitôt la bride pour faire tourner son cheval, il concentra son attention dans la direction de l'enclos où était rassemblé le troupeau de chèvres pour la nuit. Un nouveau bruit, semblable à un appel, brisa le silence.

Intrigué, Bahir descendit de cheval et s'avança lentement vers l'enclos. Dès qu'il s'approcha, les chèvres noires se redressèrent et s'éparpillèrent en protestant, à grand renfort de bêlements.

Sauf une, qui resta allongée sur le flanc et le regarda de ses grands yeux calmes, ses deux jeunes chevreaux blottis contre elle, entourant un petit corps immobile.

Hana !

Il devait avoir crié son prénom à voix haute car elle se réveilla en sursaut et se mit à pleurer, complètement désorientée et perdue. Bahir se pencha et la prit avec douceur avant de la soulever dans ses bras.

Soulagé qu'elle n'ait été qu'endormie, il la tint contre lui en lui répétant que tout allait bien. Mais elle continua à pleurer en réclamant sa mère.

— Ne t'en fais pas, Hana. Je vais te ramener auprès d'elle, dit-il d'une voix douce.

Il lui caressa le dos comme il avait vu Marina le faire.

— Elle a été très inquiète, tu sais, quand elle a su que tu étais partie, poursuivit-il. C'est ma faute, je n'aurais jamais dû l'éloigner de toi et de Chakir.

Les sanglots de la petite fille s'espacèrent, puis elle se lova contre Bahir en nichant sa tête dans son cou. Elle l'avait reconnu, à présent, comprit-il. Et elle se sentait rassurée.

— Si quelque chose t'était arrivé, reprit-il en lui caressant les cheveux, je ne me le serais jamais pardonné. Tu as une maman extraordinaire, tu sais, qui mérite une vie bien meilleure que celle que je pourrais lui offrir. Et toi, tu mérites d'avoir un gentil papa qui veille bien sur toi.

Lorsque Hana redressa la tête en reniflant avant de se frotter les yeux, Bahir se sentit gagné par une émotion inconnue. Sans réfléchir, il se pencha et l'embrassa sur le front.

— Mais quand vous serez partis, tu me manqueras, petite Hana. Et ce sera ma faute. J'ai été un idiot de ne pas avoir compris que ta maman était aussi précieuse. Je me suis conduit comme un imbécile dès le début. Et comme je ne comprenais pas mes propres émotions, je n'ai jamais su lui dire ce que j'éprouvais pour elle. J'étais jaloux de fantômes, et je ne me rendais pas compte qu'en réalité je l'aimais. Depuis le premier jour où je l'avais rencontrée. Et maintenant, il est trop tard.

— Hana, dit alors la petite fille en le regardant d'un air solennel. Ha-na…

Bahir sourit en dépit de la tristesse qui lui étreignait le cœur. Il avait tout raté, incapable de saisir la chance que lui offrait la vie. La chance d'aimer et d'être aimé, par la femme la plus merveilleuse du monde.

— Oui, c'est toi, Hana, répliqua-t-il en lui posant le bout du doigt sur le nez. La plus belle Hana de toute la terre.

A ces mots, elle se mit à glousser tandis que Bahir souriait de nouveau, tout en sentant son univers s'écrouler sous ses pieds.

Les chèvres ! Soudain, Marina s'était souvenue qu'Hana adorait les chevreaux et s'était précipitée vers l'enclos où le troupeau passait la nuit.

Quand elle avait entendu la voix d'Hana, puis l'avait vue dans les bras de Bahir, un soulagement inouï l'avait envahie tandis que des larmes de joie se pressaient sous ses paupières. Mais quand elle avait entendu les paroles de Bahir, Marina s'était arrêtée net.

En effet, elle méritait mieux, mais devant le tableau qui s'offrait à ses yeux, elle avait senti son cœur se serrer douloureusement.

Pourquoi se décidait-il maintenant, alors que tout était perdu ? se demanda-t-elle en le regardant caresser le dos d'Hana.

Au moment où elle allait s'approcher, la voix de Bahir

retentit de nouveau, et prononça les mots qu'elle attendait depuis si longtemps.

Bouleversée par cet aveu, Marina prit une profonde inspiration pour tenter de recouvrer ses esprits. Elle dut faire du bruit, car Hana redressa la tête et l'aperçut.

— Maman ! s'écria-t-elle en lui tendant les bras.

Courant vers elle, Marina la prit à Bahir et la serra contre sa poitrine en enfouissant son visage dans ses cheveux.

— Oh ! mon cœur, tu m'as fait si peur… Petite coquine, tu es venue voir les chèvres, au lieu de rester dans ton lit ?

— Chèvres, répéta Hana en désignant les chevreaux qui tétaient paisiblement leur mère.

Marina tourna la tête vers Bahir.

— Merci, dit-elle simplement.

Il inclina la tête d'un air poli et distant.

— Je vais organiser ton départ de Souza.

Marina devait rentrer. Elle en avait pris la décision. Mais quelques instants plus tôt, Bahir avait dit…

— Je ne suis pas pressée, répliqua-t-elle.

Une expression confuse envahit les traits de Bahir.

— Hana doit d'abord se reposer, continua Marina. Nous devons tous nous reposer.

— Bien sûr, acquiesça-t-il en hochant la tête. Quand tu voudras. Je vais aller dire à Ahab de faire arrêter les recherches.

Puis il se détourna et prit la bride de son cheval.

— Bahir…

Il s'immobilisa, mais ne se retourna pas.

— Pouvons-nous parler ? demanda-t-elle. Lorsque Hana aura regagné son lit… Je… Ce soir, je voulais te dire que… Enfin, je te dois au moins des explications.

— Tu ne me dois rien. Après ce que je t'ai fait, ce que je t'ai dit…

Il y avait un tel désespoir dans la voix de Bahir que Marina tressaillit au plus profond d'elle-même.

— Viens me rejoindre dans ma tente tout à l'heure, répliqua-t-elle. Et je te parlerai de mon amie Sarah.

Elle contempla un instant la petite fille endormie dans ses bras avant d'ajouter :

— La mère biologique d'Hana.

Lorsque Bahir souleva le pan de toile, Marina était assise sur son lit, de dos, mais elle dut l'entendre parce que, sans se retourner, elle lui fit signe d'entrer et de prendre place à l'autre extrémité de sa couche.

— Sarah était une amie, commença-t-elle dès qu'il fut installé. Je l'avais rencontrée à plusieurs reprises au casino, et nous nous disions bonjour, mais c'est après notre séparation que nous sommes vraiment devenues proches, elle et moi.

A cet instant, elle se tourna vers lui, un sourire triste aux lèvres.

— Elle m'a aidée, tu comprends, durant la période qui a suivi… Sarah m'a proposé de m'installer chez elle, et quand elle a appris que j'étais enceinte, elle s'est occupée de moi. Elle avait toujours désiré avoir un enfant, m'a-t-elle expliqué. C'était son souhait le plus cher. Mais à l'adolescence, elle avait eu un cancer et ne savait pas si elle pourrait jamais concevoir…

Marina s'interrompit et contempla ses mains posées sur ses genoux.

— Et quand Chakir est né, cela a renforcé son désir d'avoir un enfant, elle aussi. Entre-temps, elle avait fait faire des examens qui avaient montré qu'elle avait une très faible chance de pouvoir être enceinte. Mais si elle voulait la tenter, il fallait qu'elle s'y prenne maintenant. Comme elle n'avait pas de petit ami, elle a fait appel à un inconnu — dont elle ne m'a jamais révélé l'identité…

Quand elle s'interrompit de nouveau et redressa la tête, Bahir vit des larmes briller au fond de ses yeux.

— Mais quand elle a fait effectuer un test de grossesse pour vérifier qu'elle était bien enceinte, ils ont découvert que le cancer récidivait. Alors ils ont conseillé à Sarah de se faire avorter, en expliquant que le traitement qu'elle devait subir tuerait le bébé.

Marina pinça les lèvres.

— Sarah a refusé le traitement. Elle désirait tant cet enfant qu'elle a pris le risque de mourir. Parce qu'elle savait que c'était son unique chance d'être enceinte. Plus tard, à la naissance d'Hana, elle a dit que c'était le plus beau jour de sa vie. Et pourtant, son corps était déjà épuisé par la maladie... Elle avait commencé à mourir, sans que les médecins puissent rien pour elle...

Sa voix se brisa tandis que les larmes roulaient sur ses joues. Bahir aurait voulu les écraser sous ses doigts, ses lèvres, mais il n'avait pas le droit de la toucher, ni d'apaiser sa souffrance. Il lui en avait tant causé lui-même... A tort.

— Sarah aimait tant Hana ! reprit Marina en serrant les mains sur ses genoux. Avant de mourir, elle m'a demandé si je voulais bien l'adopter, parce qu'elle avait confiance en moi et qu'elle souhaitait que Chakir et Hana grandissent ensemble.

— Ton amie n'avait pas de famille ?

— Sarah avait rompu avec ses parents : ils étaient très stricts et lui avaient coupé les vivres quand ils avaient appris qu'elle travaillait au casino. Ils devaient s'imaginer qu'elle était devenue une sorte d'entraîneuse, ou quelque chose du genre... Ils ont été jusqu'à lui dire qu'ils auraient préféré qu'elle meure de son cancer à l'adolescence, plutôt que de la voir travailler dans un tel lieu de perdition. Seule sa grand-mère était restée en contact avec elle. L'attitude de ses parents avait blessé Sarah, mais cela l'avait aussi aidée à devenir plus forte, et plus déterminée à vivre le plus possible. Pendant qu'il en était encore temps.

Elle s'essuya les joues avant de continuer.

— Et puis, un jour, sa grand-mère est morte, lui léguant suffisamment d'argent pour acheter la villa de Toscane. C'était son refuge, disait-elle. Son sanctuaire.

Baissant de nouveau les yeux sur ses mains, elle laissa échapper un profond soupir.

— Sarah l'a laissée à Hana. Pour qu'elle ait toujours une maison bien à elle. Et quand je me suis montrée avec un second enfant, personne n'a été surpris. Parce que tout le monde était persuadé que je passais mon temps à faire la fête et à coucher avec le premier venu.

N'avait-il pas pensé exactement la même chose ? songea Bahir, rongé par la culpabilité.

— J'ai promis à Sarah de ne jamais révéler notre secret. Seule Caterina et les avocats étaient au courant, comme nous en avions décidé ensemble, Sarah et moi.

Marina secoua la tête avec vigueur.

— Elle ne m'a jamais dit qui était le père d'Hana, et je n'ai jamais posé de question, mais Sarah redoutait surtout la réaction de ses parents, si jamais ils apprenaient un jour la vérité. Alors, je lui ai promis d'adopter sa fille. Et de toujours veiller sur elle.

Il aurait dû s'en douter. Il aurait dû deviner ! N'avait-il pas remarqué le peu de ressemblance entre Marina et la petite fille ?

— Tu ne sais pas si elle ressemble à son père ?

Cette fois, Marina sourit.

— Hana est le portrait vivant de Sarah. Elle est aussi belle qu'elle.

— Je me suis trompé sur toute la ligne, murmura Bahir.

Mais comment aurait-il pu traduire en mots ce qu'il ressentait ? Jamais il ne pourrait se faire pardonner tous les torts qu'il avait commis envers Marina, cette femme merveilleuse qui avait adopté une petite orpheline alors qu'elle avait déjà un enfant, et qui l'élevait comme sa propre fille.

— Je ne peux pas te dire à quel point je regrette mon attitude, Marina. Je me suis conduit comme un parfait imbécile.

Elle leva la main, comme si cela n'avait plus d'importance.

— Le jour où tu m'as vue au casino et que je portais cette robe rouge, nous étions quatre. C'était l'anniversaire de Sarah, et elle avait réussi à me convaincre d'aller faire la fête. Et de porter cette robe pendant que je rentrais encore dedans.

Une tristesse infinie se lut dans ses yeux tandis qu'elle gardait le silence.

— Je ne voulais pas sortir, reprit-elle. Je ne voulais pas prendre le risque de te voir. Mais tu avais parlé de te rendre à Macao, et puis, je souhaitais faire plaisir à Sarah. Elle méritait bien cela. En revanche, je ne me souviens même pas de l'homme qui m'accompagnait. Je ne l'avais jamais rencontré auparavant, et ne l'ai jamais revu ensuite. Je suis rentrée tôt, ce soir-là…

Atterré, Bahir se prit la tête entre les mains.

— Comme tu dois me haïr, Marina. Je me hais tellement moi-même ! Quand je pense à tout ce que je t'ai dit… J'ai été aveuglé…

— J'ai essayé de te haïr, Bahir. J'essaie encore.

Elle le regarda en haussant les sourcils.

— Au fait, pourquoi étais-tu là, alors que tu m'avais dit que tu quittais l'Europe ? Pourquoi étais-tu revenu ?

Bahir éclata d'un rire bref et amer.

— Pour te retrouver. Je voulais…

Il repensa à cet horrible soir, quand il s'était enfin décidé, après un mois passé à se torturer, à se maudire…

— Je voulais m'excuser auprès de toi.

Cette fois, il se mit à rire plus franchement, mais d'un rire dénué de toute joie.

— C'est à cela que je suis condamné, je crois. A m'excuser après t'avoir traitée injustement !

— Tu étais revenu pour me voir ?

— J'avais eu un mois pour réfléchir à ce que je t'avais dit, dans un accès de colère. Je n'arrivais pas à me pardonner de m'être emporté ainsi. J'espérais que si je te retrouvais et que je t'expliquais ce qui s'était passé en moi, tu comprendrais. Et que peut-être tu me pardonnerais.

Bahir eut un sourire triste.

— Mais quand je t'ai vue t'amuser avec tes amis, comme si ce que nous avions vécu n'avait jamais existé, la colère m'est de nouveau montée à la tête. Je me suis dit que j'étais stupide d'avoir pensé que tu pourrais vouloir encore de moi. Que j'avais été fou de croire que je désirais ton amour. D'avoir cru que je t'aimais.

Soudain incapable de supporter de repenser à tout cela, il se leva d'un bond.

— Quel gâchis ! s'exclama-t-il en se passant nerveusement la main dans les cheveux. Excuse-moi, Marina. Je sais que ce n'est pas une consolation, mais je ne me pardonnerai jamais de t'avoir fait autant de mal.

Marina avait l'impression d'avoir reçu un coup sur la tête. Il était revenu ! Pour la voir, pour s'expliquer. Tant de temps perdu, d'années gâchées, en effet. Après avoir posé les coudes sur ses genoux, elle se prit le visage entre les mains et laissa de nouveau couler ses larmes.

Soudain, elle sentit les bras de Bahir se refermer sur son dos tandis qu'il répétait d'une voix rauque :

— Je suis désolé, Marina…

Puis il lui caressa les cheveux avec une douceur infinie.

— J'ai essayé de te haïr encore tout à l'heure, dit-elle entre deux sanglots. Parce que j'étais prête à m'en aller. Et maintenant j'apprends que tu étais venu me dire que tu m'aimais. Maintenant que tout est fichu, et qu'il est trop tard !

Bahir la força à se lever avant d'essuyer ses larmes de ses pouces.

— Tu seras plus heureuse sans moi, Marina. Tu as raison : rentre chez toi et oublie-moi.

— Mais je ne peux pas ! protesta-t-elle en se mettant à lui marteler la poitrine de ses poings. J'ai essayé de toutes mes forces, je n'y arrive pas !

— Alors, c'est que tu n'as pas essayé assez fort. Rappelle-toi tout ce que je t'ai dit et tout ce que je t'ai fait. Il ne faut pas miser sur moi, Marina. Je ne serai jamais digne de toi. Tu mérites mieux qu'un type comme moi.

Il se détourna et se dirigea vers l'ouverture de la tente, mais Marina le rattrapa.

— C'est toi que je veux, Bahir. Seulement toi ! Parce que je t'aime. Je ne peux pas m'en empêcher. Et toi aussi tu m'aimes encore : tu l'as dit à Hana, je t'ai entendu.

— Tu étais là ?

— Oui. Tu le lui as dit, je t'ai entendu, répéta-t-elle. Et maintenant, je veux que tu me le dises.

Quand il se tourna vers elle et la regarda dans les yeux, Marina vit une étincelle d'espoir briller dans ses prunelles. Puis Bahir battit des cils et l'étincelle disparut.

— A quoi bon ? Je t'ai fait assez de mal comme cela, Marina. Je ne prendrai pas le risque de recommencer.

— Je veux t'entendre me dire ces mots, Bahir. Si tu es vraiment désolé, dis-moi ce que j'attends depuis si longtemps ! Tu me dois bien cela.

Après une brève hésitation, il l'enlaça avant de la serrer à l'étouffer contre lui.

— Oh ! mon amour, mon doux, mon cher amour… Oui, je t'aime, et je me hais de t'avoir fait autant souffrir. Je ne me le pardonnerai jamais.

— Moi je te pardonne, murmura Marina.

Il prit alors son visage entre ses mains et la contempla avec un mélange d'impuissance et d'espoir.

— Comment pourrais-tu me pardonner ?

— Je te pardonne parce que je t'aime, Bahir. Je t'ai toujours aimé. Tu ne comprends donc pas ? Il n'y a jamais eu d'autre homme dans mon cœur. Que toi.

— Tu es trop généreuse, Marina. Tu mérites mieux.

Après l'avoir repoussé doucement, elle leva les yeux vers son beau visage torturé et sourit.

— Oui, je mérite d'être heureuse, mon amour. Avec toi. C'est pour cela que... j'ai l'honneur de te demander ta main.

Il recula la tête en haussant les sourcils d'un air incrédule, mais une lumière inconnue irradiait de son regard, métamorphosant ses traits.

— Tu souhaites encore m'épouser ? Après tout le mal que je t'ai fait ?

— Oui, mais seulement si tu le désires de tout ton cœur. Et si tu nous acceptes tous, Chakir, Hana et moi. Et que tu promets de nous aimer toujours. Sans oublier Caterina ! ajouta-t-elle en souriant de nouveau.

Bahir exhala un long soupir et ferma un instant les yeux. Et quand il les rouvrit, une douceur inouïe émanait de son visage.

— Qu'ai-je fait pour mériter ton amour ? murmura-t-il. Oui, Marina, nous nous marierons. Et je te promets que tu ne le regretteras jamais.

— Je n'ai aucune inquiétude à ce sujet ! répliqua-t-elle en lui offrant ses lèvres.

Epilogue

Ils se marièrent une première fois à Jaqbar, selon les rites traditionnels bédouins, au cours d'une cérémonie qui se déroula dans le désert, ponctuée de festins et de célébrations organisés par le fidèle Ahab.

Ces festivités durèrent trois jours, puis une seconde cérémonie fut organisée à Jemeya, dans le palais où avait grandi Marina.

Grave et solennel, Chakir portait les anneaux nuptiaux sur un coussin doré, l'air si sérieux qu'il ressemblait à Bahir en miniature, songea Marina en le regardant s'avancer vers l'autel.

Hana suivait son frère, ravissante dans sa robe blanche à volants et son diadème de roses. Sa petite main gantée de soie blanche nichée dans celle de sa tante Aisha, elle s'efforçait de marcher lentement, alors qu'elle brûlait de rattraper Chakir, devina Marina.

Lorsque son père se tourna vers elle et lui tendit le bras, elle le prit en souriant, puis laissa errer son regard au-dessus de la tête de sa sœur et aperçut Bahir, entouré de ses amis Zoltan, Rashid et Kadar. Il contemplait Chakir et Hana avec tendresse, et son regard s'illumina quand il releva soudain les yeux et croisa celui de Marina.

Le roi tapota la main de sa fille tandis qu'ils s'avançaient ensemble derrière les enfants et Aisha.

— Tu as choisi quelqu'un de bien.

— Oui, je sais, Papa.

— Je voulais te dire aussi que je suis très fier de toi, Marina. Nous avons eu quelques petits différends autrefois, toi et moi, mais je tiens à ce que tu saches qu'en ce qui me concerne, c'est de l'histoire ancienne.

Se tournant vers lui, Marina vit des larmes briller dans les yeux de son père.

— Oh ! Papa ! s'exclama-t-elle sans se soucier des centaines de regards braqués sur eux. Moi aussi, je t'aime !

Puis elle l'embrassa sur la joue, tout en continuant à avancer vers l'autel.

Une fois arrivés devant Bahir, le roi lui remit la main de sa fille et dit d'une voix émue :

— Mes deux filles ont trouvé le mari idéal. Que pouvais-je rêver de mieux ?

Un peu plus tard, après qu'elle et Bahir eurent prononcé leurs serments, son époux se tourna vers elle avec un sourire confiant qui fit tressaillir Marina au plus profond de son cœur.

Chakir tendit alors le coussin avec fierté, et Bahir souleva les trois anneaux entrelacés : celui en or blanc symbolisait l'immensité du désert, le deuxième, en or jaune, le soleil tout-puissant, tandis que l'or rose du troisième rendait hommage à l'aube qui renaissait chaque matin.

Après avoir glissé la bague au doigt de Marina, Bahir porta sa main à ses lèvres et en embrassa la paume.

— Je t'aime, murmura-t-il.

Emue jusqu'aux larmes par ce geste inattendu, Marina eut soudain envie d'être transportée à des milliers de kilomètres de là, dans un lieu secret où elle aurait été seule avec son mari.

Puis la cérémonie s'acheva, et Bahir la surprit de nouveau en soulevant Hana de terre avant de reprendre le bras de sa nouvelle épouse pour redescendre l'allée principale derrière Chakir, sous les applaudissements spontanés des invités.

Radieuse dans les bras de Bahir, Hana riait en frappant dans ses petites mains.

Stupéfaite, Marina leva les yeux vers Bahir.

— Mais, que…

— Chakir et moi avons tout organisé, n'est-ce pas, Chakir ?

Leur fils tourna brièvement la tête vers elle en souriant.

— Oui. Maintenant, nous formons une vraie famille, tous les quatre.

— Exactement ! approuva Bahir.

Après le repas, tout le monde dansa : Bahir avec Marina, Zoltan avec Aisha, et Chakir avec Hana. Après avoir tourné sur la piste jusqu'à en perdre haleine, les enfants finirent par s'écrouler par terre en riant.

Lorsque, en compagnie de Zoltan, Bahir vint rejoindre Rashid et Kadar qui observaient les danseurs en sirotant leur champagne, il dit avec malice :

— Et de deux… A qui le tour ?

Kadar et Rashid se tournèrent simultanément l'un vers l'autre.

— Ne me regarde pas ! s'exclamèrent-ils d'une seule voix.

Bahir et Zoltan éclatèrent de rire.

— On verra bien, dit Bahir en prenant ses deux amis par l'épaule. N'est-ce pas, Zoltan ?

— Je peux participer ? demanda Marina en venant les rejoindre avec Aisha.

Bahir passa un bras possessif autour de la taille de sa superbe épouse.

— Zoltan et moi nous demandions quel serait le prochain heureux fiancé ! dit-il en riant. Tu as une idée ?

— Pas question ! intervint Rashid en levant les mains au ciel. Play-boy un jour, play-boy toujours !

— De toute façon, intervint Kadar, toutes les belles femmes sont prises.

— En effet, dit Bahir en serrant sa femme contre lui avant de l'entraîner vers la piste de danse.

— T'ai-je dit que tu étais superbe, aujourd'hui ? demanda-t-il en refermant la main sur ses reins.

— Oh ! seulement une petite douzaine de fois, répondit-elle en souriant.

— Je savais bien que je ne te l'avais pas assez répété. Tu es la femme la plus merveilleuse et la plus belle que j'aie jamais rencontrée, Marina. Et aujourd'hui, tu es encore plus ravissante que d'habitude.

— C'est normal, puisque tu as fait de moi la femme la plus heureuse de l'univers, Bahir.

A cet instant, Zoltan et Aisha passèrent en valsant à côté d'eux, les yeux dans les yeux, comme s'ils étaient seuls au monde.

— Chakir et Hana vont être ravis d'avoir bientôt un nouveau compagnon de jeu, dit Bahir en souriant.

— Ils vont même en avoir deux.

— Aisha attend des jumeaux ? Zoltan ne me l'avait pas dit.

— Non. Mais un autre bébé est en route.

Le cœur battant soudain à tout rompre, Bahir s'arrêta de danser et regarda sa femme dans les yeux.

— Tu veux dire que tu… Tu es… ?

— Oui ! Je suis enceinte, Bahir ! s'exclama-t-elle en riant.

— Mais comment est-ce possible ? Quand est-ce que tu… que nous… bredouilla-t-il, n'en croyant pas ses oreilles.

— C'est arrivé dans le désert, quand nous avons fait l'amour près de l'endroit où reposent les tiens. Ils nous ont envoyé leur bénédiction sous la forme d'un enfant.

Envahi par une joie indescriptible, Bahir la pressa sur son cœur. L'émotion qui l'avait saisi était si profonde, si intense qu'il sentit une onde bienfaisante se répandre en lui, annihilant toute pensée.

Quand il recouvra ses esprits, il repoussa doucement Marina et vit dans ses yeux brillants qu'elle partageait son émotion.

— Tu as fait de moi l'homme le plus heureux du monde, Marina. Tu m'as rendu ce que je croyais perdu à jamais. Ma famille. Je t'aime tant…

— Moi aussi je t'aime, Bahir. Et je t'aimerai toujours.

Le baiser qu'ils échangèrent était plus éloquent que toute parole, songea Marina. Mieux que des mots, il exprimait l'amour inconditionnel qu'ils éprouvaient l'un pour l'autre.

Et elle comptait bien le vivre jusqu'à son dernier jour.

collection *Azur*

Ne manquez pas, dès le 1er mars

***LA MARIÉE INSOUMISE**, Michelle Smart • N°3445*

Mariage Arrangé

Quand elle a accepté d'épouser Nicolaï Baranski, un an plus tôt, Rosa savait qu'il ne s'agissait que d'un mariage de convenance. Mais aujourd'hui, au regard de la souffrance qu'elle ressent face à l'indifférence et à la froideur que lui témoigne Nicolaï, elle est bien forcée de s'avouer que pour elle, ce mariage signifie désormais beaucoup plus. Si elle ne veut pas continuer à souffrir ainsi, quelle autre solution a-t-elle que de rompre leur union et de fuir loin de lui ? Mais quand elle lui annonce sa décision, Nicolaï, à sa grande surprise, lui oppose un refus brutal. Et très vite, Rosa comprend, paniquée, qu'il est bien décidé à utiliser tous les moyens possibles – de la séduction à la menace – pour la forcer à rester fidèle à son engagement...

***UN TÊTE-À-TÊTE SI TROUBLANT,** Catherine George• N°3446*

Une interview exclusive d'Alexei Drakos ? Eleanor n'en revient pas : c'est la chance de sa vie, la chance qui pourra lancer sa carrière de journaliste ! Ce mystérieux milliardaire, dont tout le monde rêve de connaître la vie, n'est-il pas réputé pour le secret dont il s'entoure ? Aussi, lorsqu'Alexei exige qu'elle séjourne avec lui quelques jours sur son île privée de la mer Egée, le temps pour elle de rédiger son article — et pour lui de s'assurer qu'elle n'y dévoilera rien contre sa volonté —, Eleanor n'hésite guère avant d'accepter. Même si cela signifie vivre dans une troublante intimité avec cet homme dont elle ne sait presque rien mais qui éveille en elle des sentiments inconnus...

***UN SI PRÉCIEUX SECRET**, Cathy Williams • N°3447*

Enfant Secret

Convoquée de toute urgence par le P-DG de la multinationale dans laquelle elle vient d'être engagée, Alex sent l'inquiétude l'envahir. Pourvu qu'elle n'ait pas commis d'erreur, elle a tant besoin de ce travail... Mais à peine pénètre-t-elle dans l'immense bureau de Gabriel Cruz, que son inquiétude se change en stupeur. Comment aurait-elle pu imaginer que son tout puissant patron et le simple employé d'hôtel avec lequel elle a vécu une aventure passionnée cinq ans plus tôt, n'étaient qu'une seule et même personne ? Paniquée, Alex n'a plus qu'une idée en tête : fuir. Et tant pis pour le poste de ses rêves ! Car elle ne peut prendre le risque que Gabriel découvre le secret qu'elle a si précieusement gardé pendant toutes ces années...

UN SÉDUCTEUR POUR AMANT, Mira Lyn Kelly • *N°3448*

Lorsqu'elle découvre que le bel inconnu entre les bras duquel elle vient de vivre l'expérience la plus éblouissante de sa vie n'est autre que Garrett Carter, le frère de sa meilleure amie — un homme dont la réputation de Don Juan invétéré n'est plus à faire —, Nicole sent la panique l'envahir. Cette unique nuit de passion était censée lui permettre, à elle d'ordinaire si sérieuse, de découvrir les délices de l'amour sans engagement, certainement pas de tomber dans les filets d'un impitoyable séducteur ! Si Garrett est expert dans l'art des relations éphémères, ce n'est certainement pas son cas à elle, et elle est bien décidée à garder ses distances la prochaine fois qu'ils se croiseront – ce qui ne peut manquer d'arriver...

LA MAÎTRESSE D'ANTONIO ROSSI, Susanna Carr • *N°3449*

« Bonjour Bella ». Cette voix chaude et vibrante… Impossible ! Et pourtant, c'est bien lui : Bella reconnaîtrait la voix d'Antonio Rossi - et sa stature athlétique - entre mille. Mais que fait cet homme, qui l'a si cruellement rejetée quelques semaines plus tôt, ici, dans le café délabré où elle a dû se résoudre à travailler comme serveuse ? Que peut-il avoir à lui dire, lui qui avait juré, avec le plus intense mépris, que leurs chemins ne se croiseraient jamais plus ? Quelle que soit la raison de la présence d'Antonio, Bella doit absolument le convaincre de partir au plus vite, car, chaque minute passée en sa compagnie augmente le risque qu'il ne découvre son secret. Un secret qu'elle ne peut en aucun cas lui révéler...

LE SOUFFLE DU DÉSIR, Susan Stephens • *N°3450*

Quand elle apprend que Hebers Ghyll, le refuge de son enfance, est sur le point d'être détruit, Bronte sent la colère l'envahir. Pour empêcher cette catastrophe, elle est prête à tout. Et même à affronter Heath Stamp s'il le faut. Heath, son amour secret d'adolescence, l'homme qui alimentait ses rêves les plus fous… et entre les mains duquel réside aujourd'hui le sort de ce domaine qu'elle aime tant, et dont il vient d'hériter. Mais c'est compter sans le désir qu'elle éprouve aussitôt devant Heath, qui n'a plus rien de l'adolescent rebelle dont elle est jadis tombée éperdument amoureuse…. Comment, dans ses conditions, se concentrer sur son travail, et le convaincre qu'elle peut sauver Hebers Ghyll ?

A LA MERCI DU CHEIKH, Sandra Marton • *N°3451*

Les Princes du désert

Karim al Safir ! Lorsqu'elle découvre l'identité de l'homme qui vient de faire irruption chez elle, Rachel comprend que le jour qu'elle redoutait tant depuis que sa sœur a disparu en lui abandonnant son nouveau né, le petit Ethan, est arrivé. Si le puissant cheikh d'Alcantar, l'oncle d'Ethan, réclame la garde du bébé, comment pourra-t-elle lutter face à tout son argent et tout son pouvoir ? Mais quand Rachel comprend que le cheikh la prend pour la mère d'Ethan - et la maîtresse de son défunt frère -, un fol espoir l'envahit : si elle ne le détrompe pas, peut-être lui laissera-t-il l'enfant ? Hélas, sous le regard brûlant et pénétrant du cheikh, Rachel devine que ce mensonge va être terriblement difficile à préserver...

FIANCÉE SUR CONTRAT, *Maggie Cox* • *N°3452*

Pour éviter à son père la ruine et le déshonneur, Natalie se voit contrainte d'accepter l'odieuse proposition de Ludovic Petrakis, l'homme qui s'apprête à racheter l'entreprise familiale pour une bouchée de pain. Il augmentera son offre de rachat de moitié, à condition qu'elle l'accompagne en Grèce et joue le rôle de sa fiancée auprès de ses parents vieillissants, si pressés de le voir fonder une famille. Si un tel mensonge la révolte, Natalie n'a d'autre choix que de se plier aux exigences de cet impitoyable milliardaire. Mais, bientôt, elle sent une sourde angoisse l'envahir. Ne prend-elle pas un risque insensé en acceptant de jouer la comédie de l'amour avec Ludovic Petrakis ? Car, malgré elle, elle se sent terriblement attirée par cet homme qui vient pourtant de lui prouver qu'il était, quant à lui, dépourvu de cœur...

IRRÉSISTIBLE TENTATION, *Kate Hewitt* • *N°3453*

- Le destin des Bryant - 3ème partie

« Même un grand businessman peut éviter d'envoyer des sms pendant la cérémonie de mariage de son frère, Monsieur Bryant… » Aaron est furieux. Comment cette femme a-t-elle osé lui *confisquer* son téléphone portable ? Il y'a bien longtemps qu'il ne reçoit plus d'ordres de personne, et il n'a pas de temps à perdre avec Zoe Parker et ses provocations. D'ailleurs, elle n'est même pas son genre, trop mince, trop délicate… Oui, mais une irrésistible lueur de défi brille aussi dans le regard de la jeune femme. Et s'il y a bien une chose à laquelle Aaron n'a jamais su résister, c'est à l'appel du défi. Quelle plus belle victoire que d'effacer le sourire moqueur qui flotte sur les lèvres de Zoe Parker, et de changer les critiques qui jaillissent de ses lèvres pulpeuses en gémissements de plaisir ?

UNE NUIT AVEC SON ENNEMI, *Jacqueline Baird* • *N°3454*

Beth est effondrée. Jamais elle n'aurait imaginé, lorsqu'elle a cédé à la passion que lui inspire, en dépit de toute raison, l'impitoyable - et terriblement séduisant - Dante Cannavarro, que ce court instant de félicité bouleverserait sa vie à tout jamais. Pourtant, le doute n'est pas permis : aujourd'hui, elle porte son enfant. Et si elle aime déjà de tout son cœur ce petit être qui grandit en elle, elle ne se fait aucune illusion : Dante a beau vouloir assumer son rôle de père, il ne voit en elle qu'une aventurière sans scrupules. Comment, dans ces conditions, pourrait-elle envisager de lier son destin à celui de cet homme dont le mépris la blesse beaucoup plus qu'elle ne le voudrait ?

Attention, numérotation des livres différente
pour le Canada : numéros 1872 à 1881.

A paraître le 1er janvier

Best-Sellers n°593 • thriller

Indéfendable - Pamela Callow

Lorsqu'Elise Vanderzell bascule par-dessus la rambarde de son balcon par une belle nuit d'été, ses enfants se réveillent en plein cauchemar. Leur mère est morte. Et c'est leur père qu'on accuse du meurtre.

Kate Lange, jeune avocate, sort tout juste d'une période personnelle très noire dont elle garde de profondes cicatrices. Elle sait ce que c'est que de vivre un cauchemar, aussi accepte-t-elle de défendre Randall Barrett, son patron – mais également un être très cher –, soupçonné du meurtre de sa femme. Elle découvre alors un dossier complexe, car Randall est le suspect idéal. En apparence, tout l'accuse : son ex-femme l'a trompé, il a la réputation d'être un homme impulsif et violent, il s'est disputé avec la victime quelques heures avant sa mort…

Confrontée à une famille hostile, meurtrie par le doute et les conflits, Kate sait qu'elle n'a rien à attendre non plus des légistes d'Halifax. Ceux-ci préfèrent à l'évidence voir Randall en prison, plutôt que de défendre l'indéfendable. Et elle est désormais la seule à pouvoir prouver l'innocence de Randall. Il y a urgence, car dans l'ombre, un personnage silencieux attend le moment propice pour porter le coup fatal.

Best-Sellers n°594 • suspense

Les secrets de Heron's Cove - Carla Neggers

Une collection de somptueux bijoux russes, mystérieusement disparue quatre ans plus tôt, serait sur le point de refaire surface à Heron's Cove ? Quand Emma Sharpe, agent du FBI spécialisé dans le trafic d'œuvres d'art, apprend cette incroyable nouvelle, elle est aussitôt convaincue que cette affaire est liée à celle dont s'occupe Colin Donovan, son collègue au FBI, qui revient tout juste d'une périlleuse mission d'infiltration auprès de trafiquants russes… Certes, elle se serait bien passée de collaborer avec Colin, pour lequel elle éprouve des sentiments ambigus, très déstabilisants. Mais elle sait pourtant qu'elle n'a pas le choix : ce n'est qu'en joignant leurs forces qu'ils parviendront à déjouer les plans de ces dangereux criminels…

Best-Sellers n°595 • suspense

La demeure des ténèbres - Heather Graham

L'adolescent surgit de la forêt et s'arrêta au milieu de la route. Il était nu. Et couvert de sang…

Le jeune Malachi Smith a-t-il massacré les membres de sa famille à coups de hache ? Sam Hall, le célèbre avocat qui a choisi de le défendre, exclut cette hypothèse : jamais cet adolescent malingre et inoffensif n'aurait pu commettre un crime d'une telle violence. Tout comme il refuse de croire que Malachi ait été – comme tous le murmurent dans les ruelles de la vieille ville de Salem – possédé par le démon… Non, Sam en est persuadé : le véritable meurtrier court toujours, et il doit à tout prix le démasquer. Voilà pourquoi il a accepté l'aide que Jenna Duffy lui propose. Bien sûr, il ne croit pas un seul instant au don que cette rousse incendiaire prétend posséder – et qui lui permettrait de communiquer avec les morts. Mais Jenna est un agent reconnu du FBI. Et puis, comme lui, elle est prête à tout pour faire éclater la vérité…

Best-Sellers n°596 • thriller

Dans les griffes de la nuit - Leslie Tentler

Des cadavres de femmes aux ongles arrachés, marqués d'un chiffre gravé à même la peau… L'agent du FBI Eric Macfarlane en est convaincu : après avoir passé plusieurs années à se faire oublier, le Collectionneur – ce psychopathe qu'il n'est jamais parvenu à arrêter et qui, prenant un plaisir malsain à le provoquer, à le défier, a été jusqu'à assassiner sa femme – vient de sortir de sa tanière… Mais cette fois, une de ses victimes a réussi à lui échapper. Et bien qu'elle soit frappée d'amnésie suite aux mauvais traitements qu'elle a subis, Mia Hale est la seule à avoir vu le visage de son tortionnaire… Alors, qu'elle le veuille ou non, elle devra l'aider, pour qu'il puisse enfin mettre un terme aux agissements de ce tueur fou qui l'obsède jour et nuit depuis trois ans…

Best-Sellers n°597 • roman

L'enfant de Kevin Kowalski - Shannon Stacey

Après une folle nuit d'amour dans les bras du sublime Kevin Kowalski, Beth est contrainte de redescendre de son petit nuage. Même si elle totalement sous le charme, même si elle frissonne de désir dès que Kevin pose les yeux sur elle, que peut-elle attendre de ce don Juan impénitent, qui collectionne les conquêtes sans jamais penser à l'avenir ? Seulement voilà, trois semaines plus tard, Beth apprend que cette nuit qu'elle pensait sans lendemain va en réalité changer toute sa vie : elle est enceinte de Kevin.

Déjà très déstabilisée par cette nouvelle qui remet en cause tous les choix qu'elle a faits jusqu'à présent, Beth a la surprise de constater que Kevin semble plutôt bien accepter l'idée de devenir père. Et qu'il est même prêt à l'épouser et à vivre avec elle ! Loin de l'apaiser, l'attitude de son amant d'une nuit la perturbe encore un peu plus : comment pourrait-elle accepter ce qu'il lui offre uniquement pour le bien de leur enfant ?

Best-Sellers n°598 • historique

La comtesse amoureuse - Brenda Joyce

Cornouailles, 1795

Désespérée, la comtesse Evelyn d'Orsay doit se rendre à l'évidence : la mort de son mari la plonge dans le dénuement le plus total. Et dans ces conditions, qu'adviendra-t-il d'Aimée, sa petite fille adorée ? Le comte d'Orsay a bien laissé une fortune en France, avant de fuir les affres de la Terreur, mais comment la récupérer dans ce pays en proie à la guerre ? Evelyn n'a plus qu'un recours : faire appel aux services du célèbre contrebandier John Greystone, qui les a aidés à quitter la France quatre ans plus tôt. Pour l'amour de sa fille, la comtesse devra remettre leur sort entre ses mains. Mais n'est-ce pas folie de confier son destin à un homme que l'on dit espion, traître à sa nation ? Pire, de s'exposer à l'irrépressible désir que lui inspire ce hors-la-loi…

Composé et édité par les

éditions HARLEQUIN

Achevé d'imprimer en janvier 2014

BRODARD & TAUPIN

La Flèche

Dépôt légal : février 2014

Imprimé en France